Gosma rosa

Gosma rosa

Fernanda Trías

Tradução de
Ellen Maria Vasconcelos

© Moinhos, 2022.
© Fernanda Trías, 2020, 2021..
Publicada mediante acuerdo con VicLit Agencia Literaria.

Edição: Camila Araujo & Nathan Matos
Revisão: LiteraturaBr
Preparação: Silvia Massimini Felix
Tradução: Ellen Maria Vasconcelos
Diagramação: Isabela Brandão
Capa: Sérgio Ricardo

Nesta edição, respeitou-se o Novo Acordo Ortográfico da Língua Portuguesa.
Dados Internacionais de Catalogação na Publicação (CIP) de acordo com ISBD

T821g
Trías, Fernanda
Gosma rosa / Fernanda Trías ; traduzido por Ellen Maria
Vasconcellos. - Belo Horizonte : Moinhos, 2022.
226 p. ; 14cm x 21cm.
ISBN: 978-65-5681-114-7
1. Literatura uruguaia. 2. Romance. I. Vasconcellos, Ellen Maria. II. Título.
2022-1339
CDD 868.9939 8
CDU 821.134.2(899)
Elaborado por Vagner Rodolfo da Silva - CRB-8/9410

Índice para catálogo sistemático:
1. Literatura uruguaia 868.9939
2. Literatura uruguaia 821.134.2(899)

Todos os direitos desta edição reservados à Editora Moinhos
www.editoramoinhos.com.br
contato@editoramoinhos.com.br
Facebook.com/EditoraMoinhos
Twitter.com/EditoraMoinhos
Instagram.com/EditoraMoinhos

Este trabalho foi publicado no âmbito do Programa IDA de Apoio à Tradução.

A Rita,
A Santi y Mónica,
A Mia Joyce

*Essa é, então, a diferença entre a linha de uma só dimensão
e a superfície de duas dimensões: uma deseja chegar a algum lugar
e a outra já está lá, mas pode mostrar como chegou. A diferença
é de tempo, e envolve o presente, o passado e o futuro.*

"Linha e superfície"
Vilém Flusser

*Estou separado de mim pela distância em que me encontro;
o morto está separado da morte por uma grande distância.
Penso percorrer esta distância descansando em algum lugar.
De costas na casa do desejo,
sem me mover de meu lugar – em frente à porta fechada,
com uma luz de inverno ao meu lado.*

Recorrer esta distancia
Jaime Sáenz

Por que você quis se tornar um santo?
Por que não?
Por que você quis me morder?
Porque você deixava.

Nos dias de névoa, o porto se transformava em pântano. Uma sombra cruzava a praça, apoiando-se nas árvores, e, ao tocar qualquer coisa, ia deixando as marcas grossas de seus dedos. Sob a superfície intacta, um mofo silencioso fendia a madeira; a ferrugem perfurava os metais. Tudo apodrecia, e nós também. Quando Mauro não estava comigo, eu saía para dar umas voltas pelo bairro nesses dias nevoentos. Deixava-me guiar pelos painéis luminosos do hotel que piscava ao longe: HOTE A   ACIO. Já não era um hotel, e sim um dos tantos edifícios ocupados da cidade, mas as letras que faltavam eram as mesmas de antes. Em que antes estou pensando? Ainda parece que ouço o ruído do neon — sua vibração elétrica — e o falso curto-circuito de outra letra a ponto de se apagar. Os ocupantes do hotel o deixavam aceso não por insistência, tampouco por nostalgia, mas para lembrar-lhes de que estavam vivos. Ainda podiam fazer algo caprichoso, meramente estético, ainda podiam modificar a paisagem.

Se vou contar esta história, deveria começar por algum lado, escolher um começo. Mas qual? Nunca fui boa para os começos. O dia do peixe, por exemplo? Essas coisas minúsculas que marcam o tempo e o tornam inesquecível. Fazia frio e a névoa se condensava sobre os contêineres transbordados. Não sei de onde saía tanto lixo. Era como se se digerissem e se excretassem sozinhos. E quem te disse que os dejetos não somos nós mesmos?, Max poderia ter dito algo assim. Lembro-me de que dobrei a esquina do velho armazém, com sua porta e janelas fechadas com tapumes, e, ao descer pela avenida do porto rumo ao sul, a luz verde e vermelha do painel luminoso se derramou sobre mim.

Mauro voltaria no dia seguinte e, com ele, também viria outro mês de confinamento e de trabalho. Cozinhar, limpar, controlá-lo dia e noite. Cada vez que o levavam, eu dormia um dia inteiro até recuperar o sono que ele sempre ameaçava ou interrompia. A eterna vigília. Para isso me pagavam uma quantia exagerada, mas que nunca seria o suficiente para me recompensar, e os pais de Mauro sabiam. Respirar o ar estancado do porto, percorrer as ruas, visitar minha mãe ou Max eram os luxos que eu me dava naqueles dias nos quais meu tempo deixava de ter um preço. Isso se eu tivesse a sorte de que não chegasse qualquer vento.

Na avenida do porto, só encontrei pescadores, com a gola do casaco levantada até as orelhas, as mãos vermelhas e ressecadas. Por todos os lados se estendia a água larga, um estuário que transformava o rio num mar sem margens. A névoa borrava o limite do horizonte. Poderiam muito bem ser dez ou onze ou três da tarde nessa claridade leitosa e sem matizes. As algas boiavam não muito longe, como um catarro sanguinolento, mas os pescadores não pareciam preocupados. Apoiavam seus baldes ao lado das cadeiras de praia, punham a isca no anzol e reuniam a força de seus braços secos para lançá-lo tão longe quanto fosse possível. Eu gostava do ruído que a carretilha fazia ao soltar a linha: fazia-me lembrar dos verões de bicicleta em San Felipe, as rodas sem freios na descida, com os joelhos para cima para que os pés não se prendessem nos pedais. Toda a minha infância estava nessa bicicleta, nas praias que agora são proibidas, rodeadas por aquela faixa amarela que o vento destroçava e que os policiais mascarados voltavam a instalar.

Zona de exclusão, diziam as faixas. Para quê? Se só os suicidas escolhiam morrer assim, contaminados, expostos a doenças sem nome e que tampouco eram sinônimos de morte rápida.

Só uma vez, muito antes de meu casamento com Max, é que vi um banco de névoa tão denso como o daquele dia. Foi em San Felipe, uma madrugada de princípios de dezembro. Lembro-me disso porque o balneário ainda estava vazio, exceto pelos poucos que passávamos todos os verões aí. Max e eu íamos caminhando vagarosamente pela avenida da praia, sem olhar para a praia negra, acostumados ao ritmo das ondas que quebravam na beira-mar. Para nós, aquele ruído era como um relógio, uma certeza de todos os verões que ainda viriam. Diferentemente dos turistas, não íamos a San Felipe para descansar, mas para confirmar uma continuidade. A lanterna de Max era nossa única fonte de luz, mas já conhecíamos o caminho. Paramos na altura do píer, onde geralmente se escondiam os amantes, e nos apoiamos nas ripas de madeira branca. Max apontou a lanterna em direção à praia e, apesar de tanta névoa, nos deparamos com uma multidão de caranguejos. A areia parecia respirar e inchar como um animal roncando. Os caranguejos fugiam do foco de luz e se escondiam entre as fendas do píer. Centenas de caranguejos diminutos. O que Max disse? Não me lembro, mas tenho a sensação de que nós dois nos estremecemos, como se pela primeira vez estivéssemos conscientes de que existia algo incompreensível ali, maior do que nós.

No inverno, da margem sul não se notava saltar nem um peixinho. Os baldes dos pescadores estavam vazios; as iscas, inúteis dentro das bolsas de náilon. Sentei-me perto de um homem que usava um gorro com orelheiras, de estilo russo. Minhas mãos tremiam de frio, mas não fiz nada para esquentá-las. Eu, ao contrário de Max, não acreditava que a vontade fosse algo independente do corpo. Por isso, ele tinha passado os últimos anos fazendo exercícios intensos. Lavagens, privações, ganchos que puxavam a pele: o êxtase da dor. Em jejum, o organismo era uma membrana prodigiosa, dizia, uma planta sedenta que tinha permanecido tempo demais na escuridão. Talvez. Mas o que Max procurava era outra coisa: separar-se de seu corpo, essa máquina indomável do desejo, sem consciência nem limites, repugnante e ao mesmo tempo inocente, pura.

O pescador percebeu que eu o observava. Com os pés pendurados em direção à água, sem máscara nem botas de borracha e com uma mochila que parecia estar cheia de pedras, ele deve ter pensado que era eu outra pobre louca com vontade de saltar no rio. Talvez minha família tivesse morrido; um por um teriam entrado no centro de terapia intensiva para nunca mais sair. A água quase não fazia ruído ao tocar o muro. Os ventos seguiam tranquilos. Quanto pode durar a calma? Toda guerra tinha sua trégua, inclusive esta, cujo inimigo era invisível.

A linha se retesou de repente, e vi o pescador puxar e enrolar a carretilha até que um peixe minúsculo se alçou no ar. Ele se curvava, sem força, mas o breve brilho das escamas prateadas despertou no homem um sorriso. Ele o agarrou com a mão sem luva e lhe tirou o anzol. Quem sabe que morte e que milagre continha esse animal, e assim ficamos observando, o homem e eu. Esperei que o pusesse no balde, mesmo que fosse por um tempo, mas ele resolveu devolvê-lo diretamente à água. Era tão leve que entrou sem fazer o mínimo barulho. O último peixe. Um minuto mais tarde já estaria longe, imune à espessura de raízes, à armadilha mortal de alga e lixo. O homem girou para me olhar e me fez um gesto com a mão. Este é o ponto de meu relato, o falso começo. Aqui eu poderia facilmente inventar uma profecia ou um sinal de tudo o que viria depois, mas não. Isso foi tudo: um dia qualquer a uma hora qualquer, exceto por esse peixe que se elevou no ar e voltou a cair na água.

Era uma vez.
O quê?
Era uma vez uma vez.
O que nunca foi?
O que nunca mais.

Os poucos táxis que circulavam pela avenida do porto avançavam lento, com as janelas fechadas. Iam à procura de alguma urgência, de algum desgraçado que colapsasse em plena avenida e que deveriam deixar na porta das Clínicas. Valia a pena o risco. A Saúde Pública pagava a viagem e a tarifa de insalubridade. Fiz sinais a um, que buzinou, mas seguiu em frente. Tirei a mochila das costas e a apoiei no chão. Estava cheia de livros. A epidemia devolveu o que há anos parecia irreversível: um país de leitores, sepultado longe do mar, os ricos em suas fazendas ou casarões sobre as colinas, os pobres indo cada vez mais para as cidades do interior, aquelas mesmas das que antes achávamos graça por estarem vazias, desertas, obtusas.

Dois táxis mais passaram sem parar antes que eu tivesse sorte. E nem bem o taxista me cumprimentou, reconheci seu tipo. Era dos que acreditavam ser donos de uma verdade profunda, a verdade das ruas.

— Com essa mochila, você está chamando atenção — disse ele.

— Não vão encontrar grande coisa.

Acomodei a mochila no assento e passei o endereço de minha mãe. Pela janela vi o templo maçônico, do outro lado do rio, diluído atrás da tela sebosa de névoa.

— Bairro de Los Pozos. Você mora lá?

— Vou encontrar uma pessoa.

Ele se vangloriou de conhecer bem o bairro. Tinha passado a infância na região, na casa de sua avó. Disse-lhe que também eu, mesmo não sendo verdade. Depois da evacuação, minha mãe decidiu se mudar para uma das casas abandonadas do bairro. Os donos as alugavam por qualquer merreca apenas para mantê-las vivas, com esse orgulho da aristocracia vinda de baixo. Queriam os jardins bem cuidados, as janelas sem tapar, os quartos livres de mendigos. Esse passado glorioso era o que dava segurança à minha mãe, mais do que a distância que pusera entre as algas e ela. Minha mãe tinha uma confiança cega nos *materiais nobres* e talvez tenha pensado que a contaminação não poderia atravessar uma boa parede, larga e silenciosa, um teto bem construído, sem rachaduras pelas quais pudesse entrar o vento. As águas do córrego estavam menos contaminadas que as do rio, mas, de qualquer modo, um odor pestilento, mistura de lixo, mofo e químicos, inundava todo o bairro.

Justo na esquina, uns metros antes de chegar, alguém revolvia dentro de um contêiner de lixo.

— Viu? Esses são os que depois nos roubam — disse o taxista. — Não têm medo do vento vermelho nem se perderem a mãe para ele.

As pernas do homem se agitavam como as patas de um inseto para manter o equilíbrio e não cair de cabeça dentro do contêiner de lixo. A névoa também não dava trégua no bairro de Los Pozos. Ao contrário, como não ventava, se condensava mais. As nuvens pareciam estar sendo fabricadas ali mesmo, exaladas pela terra, e a umidade se sentia na cara, lenta e fria como a baba de um caramujo.

— Sabe como eu chamo aqueles que vivem aqui? — perguntou o taxista.

— Como?

— Os *nem-nem*. Nem tão loucos nem tão sãos — e riu. — Diz se eu não tenho razão.

Abri o portão de entrada e dei a volta direto pelo jardim. Para que anunciar minha chegada? Se eu não a encontrasse em casa, certamente estaria na casa da professora, que não quis ir embora para não abandonar seu piano de cauda. Passavam as tardes assim, minha mãe lendo, a professora tocando piano ou fingindo tocar algo sublime. Às vezes chegavam outros velhos moradores do bairro, e minha mãe e a professora se faziam de anfitriãs numa cidade em ruínas. As pessoas pediam recomendações de livros à minha mãe e ela falava das personagens dos romances como se falasse de seus vizinhos: o que se pode esperar dela?, a essa altura, era melhor perdê-la que encontrá-la, uma mulher sofrida, um pobre-diabo.

Encontrei minha mãe no jardim, com os pés afundados no canteiro, podando as plantas com uma enorme tesoura. O farfalhar de meus passos a alertou e, ao me ver, tirou uma de suas luvas sujas de terra, grandes demais para sua mão:

— Venha cá ver isso — disse.

Ela me mostrou os novos brotos das plantas, o que ela considerava um milagre, o triunfo da vida sobre essa morte de ácido e escuridão. Contei-lhe que em Chernobyl agora havia mais animais do que jamais houve, e até os que estavam em perigo de extinção se reproduziram, graças à ausência de humanos. Minha mãe não interpretou como uma ironia, mas — outra vez — como o triunfo da vida sobre a morte.

— *Humana*, mãe. Sobre a morte humana.

— É um detalhe — disse, e apontou para a porta da cozinha. — Está com fome? Fiz carolinas.

Sobre a mesa de mármore encontrei pães, queijo, geleia de laranja e até um abacate. De onde ela tinha tirado abacate, melhor não perguntar. As carolinas estavam cobertas por um pano branco. Um banquete para mim, que mal conseguia tragar a comida na frente de Mauro. Comer quando o corpo pedia era um conceito alheio, um impulso ao que me tornei indiferente. Devia esquecer minhas necessidades, sincronizar minha fome com a de Mauro, engolir algo rápido enquanto ele dormia para evitar outro berreiro. Eram truques, estratégias, que eu vinha aprendendo com o passar dos meses.

Coloquei tudo sobre uma bandeja e voltei ao jardim.

— Há que aproveitar a trégua — disse, apoiando a bandeja chacoalhante sobre a mesa de vidro, com seus pés de ferro um pouco enferrujados.

Duas carolinas, manteiga, geleia, uma xícara de chá, um talher para cada uma. Tive de dissimular a alegria que me davam essas coisas banais: partir a carolina ao meio com a mão e sentir o *clac* seco que fazia ao se dividir; tirar a manteiga em finas lâminas com essa faquinha especial, de ponta redonda, que parecia de brinquedo; mexer o chá com a colherzinha de prata, mais pesada do que todas as minhas colheres juntas. Os privilégios que só um desastre podia nos ter concedido. Estávamos tomando o chá da tarde num jardim de Los Pozos e a névoa nos envolvia como faixas de gaze.

— Você cortou o cabelo — minha mãe disse. — E está mais crespo.

— Isso é mérito da umidade.

— Estava lindo comprido. Assim você parece mais apagadinha. O cabelo comprido te dá mais vida.

— Prefiro assim.

— Eu só cumpro o dever de dizer — disse, e encolheu os ombros. — Se sua própria mãe não te disser as coisas...

— Você é honesta, tenho que admitir.

— Pior é ser cínica, filha. As pessoas tinham que agradecer a franqueza destes tempos. Além disso, só estou falando sobre cabelo. Ele sempre cresce, não é?

Olhou para o outro lado, longe, em direção ao jardim da casa vizinha, com as persianas cerradas e buracos negros onde faltavam telhas no teto. Mais adiante, notava-se apenas o contorno de outras casas atrás da névoa, a maioria delas tapada, corroídas pelo abandono ou pelos gases do ar.

— A resignação não é um valor — disse. — Há que lutar pelo que se quer nesta vida.

— Me diga uma coisa, mãe, por que você continua aqui?

As luvas do jardim estavam sobre a mesa e me fizeram pensar nas mãos mutiladas de um gigante.

— O mesmo pergunto eu para você. O que quer me provar com isso, filha? O quanto te fizeram sofrer que você já não se importa nem com a própria vida?

— Max não tem nada a ver com isso.

— O que você sabe dele? Conte para mim. Pode confiar em mim.

— Nada, não sei nada.

— Você fez o que pôde — disse. — Mas esse casamento estava condenado.

— Que palavra... E você se lembra de quem o condenou desde o primeiro dia?

Olhou para baixo, para o espaço entre os pés, e agarrou a cabeça, com os cotovelos apoiados na borda metálica da mesa de vidro. Os cachos caíam para a frente, cobrindo seu rosto. Estou esgotada, eu a ouvi dizer, juro para você que estou esgotada. Eu me preparei para escutar algo mordaz que iria direto ao centro de minha personalidade, mas desta vez ela não disse nada. Ficou assim, oferecendo-me as raízes brancas de seu cabelo no cocuruto. Era como se falássemos idiomas diferentes e nenhuma das duas estivesse disposta a aprender a língua uma da outra. A vida inteira me dediquei a analisar seus gestos, a interpretar o que eu acreditava serem sinais secretos. De repente, voltei a pensar naquela massa de caranguejos.

Minha mãe me gerava o mesmo desassossego, o mesmo medo primitivo, e naquele momento talvez tivesse preferido voltar à maneira cômoda em que nos odiávamos antes.

— Mãe... — Enfiei os dedos entre seus cachos desfeitos e escorreguei a mão até chegar nas pontas, com nós grossos e embolados. Esse contato era muito mais do que nos permitimos em anos. — Não importa.

Ela levantou a cabeça. Tinha o rosto vermelho.

— Já sei — disse. — Já sei. Que sentido tem?

Levantou e pegou o prato em que só restavam algumas migalhas amarelas. Foi até a cozinha e voltou com mais carolinas. Eu as devorei tão rápido que não tive como não pensar em Mauro. Contei à minha mãe sobre a vez que esqueci de tirar o lixo e acordei no meio da noite com um ruído de ratos. A luz da cozinha estava acesa e da porta pude ver Mauro, só de cuecas, o saco destroçado à sua volta, enquanto ele revirava o lixo e levava à boca todas as sobras que encontrava, comestíveis ou não, até o papel-alumínio de um hambúrguer. O alumínio lhe deu estática nos dentes e ele cuspiu com raiva aquele pedaço mascado como se fosse um chiclete.

— Ele sempre volta assim. Não sei para que o levam.

A umidade da névoa já começava a atravessar o tecido da minha calça, apesar da almofadinha dura e chata que cobria a cadeira de ferro. Segurei a xícara com as duas mãos e deixei que o vapor me esquentasse o rosto.

— Pobre menino — disse minha mãe, mesmo que quisesse dizer outra coisa. Vi o medo em seus olhos; o pavor de me imaginar em uma casa no porto, exposta ao vento vermelho, convivendo com a doença. Ela não acreditava que eu fosse capaz de tanto. — E quanto falta para chegar à quantia que precisa?

Aí estava. A pergunta. Ela mordera a língua por tempo demais esperando o momento mais oportuno para fazê-la.

— Não sei, uns meses, um ano. Estou bem aqui.
— Está exposta, filha.
— Você também.
Ela estalou a língua:
— Já vivi minha vida.

A epidemia tinha tido o efeito de nos reconciliar. Até pouco tempo atrás, mal podíamos estar cinco minutos no mesmo espaço. Suas perguntas com dupla intenção, suas campanhas bem-intencionadas para controlar minha vida. Não se pode desejar tanto o bem de outra pessoa; é monstruoso, até agressivo. Há um ano, qualquer comentário sobre Max me faria sair daquela casa batendo portas. Como o vento que vai desenterrando ossos soltos e ressecados, a epidemia nos aproximara, ainda que só acontecesse nesse terreno baldio.

E, no entanto, menti para ela. Já tinha o dinheiro para ir embora. Tinha mais do que qualquer um que vivesse naquele porto. Tinha tanto dinheiro que podia fazer sanduíche de notas, alimentar Mauro com alface de papel. Mas eu, assim como os pescadores, não era capaz de me imaginar em outro lugar.

— Não vim aqui para falar disso — eu disse. — Conte alguma coisa sua. Como vai a vida neste poço?

Ela começou a contar as pequenas fofocas dos vizinhos. A professora estava de casinho com um agrônomo. Depois que o vento vermelho começou a fazer seus estragos com os animais, o homem passou de vagabundo a novo rico de primeira categoria, e se autodenominou especialista em legumes. Era, além disso, um dos investidores da nova processadora e de outros projetos imobiliários no interior. Se viajava à cidade, era só para recrutar mais uma horda de desesperados no porto e em outros bairros, mão de obra barata que ia ao interior em caminhões.

— Mas ela está boba por ele — disse minha mãe, e fez um gesto de desdém. Sentia-se imune a esse tipo de paixões. — Não gosto desse homem, tem a pele escorregadia, úmida.

Quando ria, o rosto de minha mãe se enchia de rugas de modo atroz, um olho se fechava mais do que o outro e a pele sobressalente das bochechas se enrolava, revelando algumas peças metálicas entre os dentes. Isso é o que o tempo fazia com as faces, e, ainda assim, era uma marca superficial, apenas o lembrete do que ocorria na parte invisível de nós. Agora aparentava estar tranquila, esquecida de tudo. Tinha os dedos rígidos pelo reumatismo, as mãos com veias azuis protuberantes. Nós duas tomávamos pílulas de cálcio e de vitamina D, como recomendava o Ministério da Saúde, mas ninguém sabia quanto tempo demoraríamos para nos quebrar como galhos secos. Com a ponta dos dedos, minha mãe recolheu as migalhas das carolinas e voltou a derrubá-las no centro do prato. Para mim, fazia bem sair por um tempo de meus pensamentos circulares, daquilo que alguma vez cheguei a chamar *meu monotema*. Minha mãe pensava em Max como um pusilânime, alguém que saiu da vida por sua incapacidade de seguir em frente. Segundo ela, eu deveria virar a página, relegá-lo a esse espaço indelével e digno de esquecimento que era o passado. E ele? O que pensava dela? Talvez ele a visse como um mal necessário, uma oportunidade para praticar a compaixão. Que esse gesto estivesse cheio de soberba, era certo. No fundo, Max e minha mãe eram dois inimigos que disputavam um terreno minúsculo.

— E Valdivia está com tosse. Foi levado para as Clínicas e ficou o dia todo lá, mas, no final, o mandaram de volta para casa.

Ramón Valdivia era o dono do único armazém de Los Pozos, nosso vínculo com os povoados robustos e florescentes do interior, algo assim como o elo entre a vida e nós.

— Deve ser gripe — disse. — Esse homem nem dorme.
— E tem dois netinhos novos lá. Da filha caçula. Ele sustenta todo mundo.
— Esse povo do interior não para de se reproduzir.

O negócio para Valdivia estava cada vez mais difícil. Não só pela concorrência ilegal, vendedores ambulantes que armavam sua lojinha em qualquer janela, mas porque cada vez mais gente emigrava para as cidades do interior. Algo os assustava de repente: um parente que aterrissava na sala de quarentena das Clínicas, o alarme que os surpreendia na rua e os obrigava a correr; isto é, de repente, adquiriam uma consciência real do vento vermelho e não só a ideia, a iminência do vento. Porque enquanto não se passava por ele, ninguém podia imaginar o odor nauseabundo, o calor repentino, a água do rio que inchava como um polvo e a espuma ocre, tingida pelas algas. Em um único instante, a paisagem se transformava: o alarme rugia ensurdecedor, e se enxergavam mãos que emergiam dos edifícios para fechar rápido as janelas, os pescadores levantando acampamento. Os do interior olhavam o fenômeno pela televisão e viam subir as cifras de doentes e temiam que toda essa gente se mudasse algum dia para as suas cidades limpas e seguras.

— E quando volta o menino?
— Amanhã, vão trazê-lo ao meio-dia.
— Que criatura... as crianças precisam da mãe.
— Ele está bem comigo.
— Não é igual.
— Às vezes pode ser melhor.
— Nunca é igual. — Fazia anos que ela tinha adotado o discurso de santidade da mãe, totalmente oposto ao discurso que sustentou a vida toda, quando deixou claro que eu estava me aproximando dos quarenta e que meu casamento chegava

ao fim. — Bom — disse ela —, é melhor você ir. A qualquer momento pode soar o alarme.

— Faz dias que estamos com a névoa.

— Não brinque com a sorte.

Tirei os livros da mochila e armei uma torre alta e decrépita sobre a mesa do jardim.

— Que conste que voltaram todos — disse eu.

Ela leu os títulos, alguns partidos e ilegíveis; parecia que seu dedo era uma dessas varas que se usavam para buscar água subterrânea.

— Deixei ali para você uma pilha preparada — disse ela.

Depois, entrará para chamar um táxi e voltará com as últimas carolinas embrulhadas em um papel toalha, além de uma pilha com quatro ou cinco livros.

— Seu táxi está chegando.

Eu colocarei todos os livros na mochila e as carolinas no bolso do casaco, onde encontrarei migalhas soltas de visitas passadas. Minha mãe me acompanhará até o portão e nos despediremos com um abraço breve.

— Me prometa que vai se cuidar.

— Você também. As carolinas estavam deliciosas.

O novo taxista era do tipo religioso, com imagens da santinha penduradas por todos os lados e a rádio ligada em um canal cristão. Ainda assim, cuidava para fechar bem as janelas; sua fé não chegava a tanto.

— Você já viu alguma vez como ficam os contaminados?

— O senhor já?

— Despelado. Outro dia tive que levar um. Me deixou o assento cheio de pele, como se fosse caspa, imagina?, toda assim, seca, branca, um pouco transparente. Perdem a pele, vão ficando em carne viva.

Avançamos as quadras seguintes em silêncio. Eu me concentrei em me afastar dessas imagens. Minha superstição me dizia que, enquanto eu negasse qualquer imagem de Max tomado pela doença, nada poderia acontecer com ele. Para me distrair, pensei em Mauro e nas coisas que faltavam organizar antes de sua chegada. Nesse momento, ele devia estar na fazenda, comendo grama e flores, com marcas vermelhas nas bochechas brancas, desacostumadas à luz. À tarde, algum peão o levaria para andar a cavalo pelo monte, iam alimentá-lo sem restrições todo o fim de semana, e depois eu teria de lidar com sua fome e seu berreiro. Em menos de vinte e quatro horas, o pai ou a mãe (nunca os dois juntos) ia deixá-lo em minha porta, com vários quilos a mais e a culpa bem ordenada até o mês seguinte. Iriam me devolver o menino como quem devolve um produto que não convenceu os compradores.

Deixei que Mauro ganhasse terreno, que se inflasse como um balão aerostático em minha mente para não ver Max sem pele, a pele desgarrada, rachando, abrindo-se para expor a carne. Tinha a mochila sobre a saia. Nunca disse à minha mãe, e já não lhe poderei dizer, que não ia ler seus livros, que no máximo os folhearia para balbuciar algo mais ou menos coerente quando ela me perguntasse.

— Imagine morrer assim — disse o taxista —, sentindo tudo... como dizer?

— À flor da pele?

— Até tiveram que desinfetar o táxi. Que o Senhor o tenha em Sua Glória.

Disse a última frase em um suspiro, talvez com vergonha. Demorou tempo demais para pensar em seu deus.

Imagine que você me conhecesse hoje.
Impossível.
Imagine.
Onde nos conhecemos?
Em algum lugar absurdo.
Uma loja de colchões.
Imagine que nos conhecêssemos em uma loja de colchões.
Eu experimento colchões e você…
Nós dois experimentamos colchões.
Um showroom, com esses colchões embrulhados em plástico.
E as luzes de neon.
Nós dois nos sentamos no mesmo colchão. Um de casal, mas barato.
Você faz como se pulasse um pouco.
E o que acontece depois?
Nós dois nos deitamos para trás.
Estamos comprovando o conforto.
Olhamos para cima, os neons brancos que fazem *tzzzzzzz*.
Dois desconhecidos.
Mas você vira a cabeça e me olha.
Eu? Está bem.
Eu também viro a cabeça e, por um segundo, nos olhamos.
Sobre o colchão plastificado.
E então?
Imagine que tivesse sido assim.

Minha mãe tinha razão. O Hospital das Clínicas estava colapsado. Fiquei quinze minutos na fila para chegar à sala de visitas, e enquanto a recepcionista buscava o nome de Max no registro, me sobreveio esse segundo em que o medo adquiria a forma concreta de uma pedra. Já não figura entre nossos pacientes, poderia me dizer a funcionária, sem nenhum estremecimento na voz. Talvez a treinassem para que fosse assim. Talvez os funcionários que anunciavam a morte fizessem um curso intensivo onde aprendiam a repetir a mesma frase com naturalidade e eficiência. Sentimos muito, não figura mais entre nós. Uma forma limpa de inventariar a morte, de convertê-la em um par de meias ou de sapatos: não há, não sobrou, não temos.

Mas desta vez estava, ao menos continuava estando, e a recepcionista me entregou meu cartão verde. Tinha visto Max por duzentos e oitenta minutos no último ano, sem contar os primeiros dois meses que esteve em quarentena na sala de incubação. O que aconteceria se eu tentasse ficar mais do que a meia hora regulamentar? Nunca tinha pensado nisso, mas também não estava certa de que queria ficar mais. Para quê? Para vê-lo assim, prostrado e enfraquecido, a pele flácida e amarela? A meia hora nos aliviava a todos, aos que iam para casa e aos que ficavam. A regra da meia hora, pensando bem, foi o único ato misericordioso do novo Ministério.

Quantos anos tínhamos quando vimos a cena dos caranguejos? Dezoito, dezenove. Fingíamos ser mais adultos do que éramos. Queríamos acelerar o tempo, converter-nos em adultos, porque parecia que lá estava a verdadeira vida, e a que nós vivíamos era só um exercício de preparação. Max e eu não tínhamos origem. Todas as coisas devem ter um começo, não? Não. O verão chegava e Max era uma das certezas que me esperava em San Felipe; nunca passou pela minha cabeça que poderia alguma vez não estar, ou que alguma vez não tenha estado. Era como. Como quê? Todo mundo sabe que as coisas são feitas de átomos, que os átomos não são compactados, mas sim ocos, com elétrons girando a toda a velocidade em torno do núcleo. Mas o que vemos é outra coisa. Uma mesa. Uma lâmpada. Uma panela. Eu falava sobre isso com Max, sentados em uma duna, fuçando a areia em busca de conchas. Se pudéssemos vê-lo, disse Max, veríamos tudo em movimento, girando e girando. E você, ele disse, você também estaria girando, não teria olhos nem boca, não teria braços. Imagine.

Subi no elevador que me levaria à ala da epidemia. Ia tão cheio que me espremi no fundo para deixar espaço a outro rosto cheio de medo. Nesse elevador havia dois tipos de rosto: os cheios de medo e os rostos mortos, como um pedaço de madeira. Não é que os rostos mortos tenham superado o medo, mas já nem sequer tinham espaço para ele. A porta não fechava; corpos demais apertados contra o sensor. Uma voz deu a ordem e os corpos se apertaram ainda mais com ansiedade. Cada minuto era monetizado, cada cartão devia ser tratado como um tesouro, sem marcas de dobras ou manchas. Se amassasse, era preciso ir até o guichê de trâmites e documentos e esperar semanas, até meses, para que fizessem outro. Ninguém sem cartão podia visitar um doente.

O elevador não tinha espelho e isso era um alívio. Não só Max tinha envelhecido; eu também me via pálida e com olheiras. Dizem que as pessoas ficam para sempre com a idade em que a conhecemos. Não é verdade. Eu vi Max crescer e mudar a voz. Logo o vi secar como um galho, vi o abdômen chupado pelo jejum, as unhas amarelas de tanto enrolar tabaco, os primeiros grisalhos da barba. Como me via ele, se é que me via, era um mistério. Os que o conheciam pensavam que Max olhava para além da superfície. A princípio, isso os inquietava, depois se sentiam lisonjeados pela maneira com que ele cravava seus olhos. Mas eu sei que ele não olhava para dentro, para essa zona que ele considerava inacessível do outro, mas sim literalmente através deles, como se as pessoas se interpusessem entre ele e seu desejo, que sempre estava em outra parte.

Quando as portas se abriram no décimo andar, tive que empurrar para conseguir passar pelas pessoas. Outra vez, eu era a única que descia ali. Enquanto dizia "com licença", notei como o silêncio ia se expandindo. Parecia admiração, mas, na verdade, era o silêncio da inveja. Todos desejavam ser um desses escolhidos que tinha conseguido escapar da zona crítica, o pavilhão dos casos graves (um lugar que era mais um tempo do que um espaço), para ser transferidos ao pavilhão dos doentes crônicos. Exceções, talvez milagres.

— Com licença — eu disse. — Com licença — entre murmúrios e protestos.

A recepcionista escutava o rádio a um volume muito baixo, como um ruído branco que camuflava as queixas dos doentes, as esporádicas risadas dos familiares. Anunciei que ia ao 1024, e ela pediu meu cartão. Enquanto anotava com cuidado meu nome e a hora de ingresso, fixei minha atenção no letreiro atrás dela: Pavilhão dos crônicos. Ali dormiam as estatísticas esquisitas, raras, os que não conseguiam melhorar nem piorar. Talvez para isso o estoicismo de Max tenha servido, para mantê-lo vivo à força da incredulidade ou da indiferença. Segundo o Ministério, todos os doentes valiam a mesma coisa (*Cada vida é única,* dizia o novo slogan), mas os médicos queriam vivos aos crônicos muito mais que os graves ou os de quarentena. Os crônicos guardavam nele o segredo das algas.

A mulher me devolveu o cartão e fez sinais para que eu passasse. Caminhei pelo corredor encerado até o 1024. Ouvi vozes pela porta entreaberta. Aproximei-me do quarto e vi uma enfermeira arrumando as mantas de Max. Ele lhe dizia alguma coisa que não cheguei a ouvir, e ela ria, balançando-se sobre os sapatos pretos de salto. Você e sua necessidade de agradar, pensei, mas uma parte de mim entendia que ele estava morrendo e que era imune a qualquer queixa. Fiquei no corredor, apesar dos minutos perdidos. Estudei os movimentos da enfermeira, o sorriso e o modo em que apoiava uma mão sobre a manta, justo onde estava o joelho de Max, como se tivesse esquecido a mão ali. Era jovem, calculei à distância. Talvez tivesse a ilusão de que existia um futuro e que poderia construí-lo com ele. Ela não sabia, não podia saber como era estar unida a Max por um elástico que te lançava até ele com a mesma força com que você tentava se afastar. Não importava quanto tempo passasse sem vê-lo, o elástico era o mesmo que, ainda na distância, me mantinha em uma tensão vibrante, dolorosa, e que era a iminência do regresso. Ao sair, a enfermeira me disse que Max estava melhor do que nós todas juntas. Não chegava aos vinte anos; de perto parecia uma menina fantasiada, com o jaleco dois números maior do que seu tamanho, cobrindo-lhe até os joelhos.

O quarto era compartilhado com mais dois crônicos. Quando entrei, os dois estavam dormindo, sedados ou fartos de sustentar tanta esperança. Max me abraçou e eu aproveitei para cheirar seu pescoço, que tinha um leve ar de tabaco.

— Quantos dias precisou para convencê-la? — eu disse.

— Quem?

— Você está fumando. Não se preocupa com seus pulmões ou você acredita que está imune a isso também?

— Não sei. Como convenci você?

Esticou a mão e entrelaçamos os dedos. Ele me olhou vagarosamente, estudando-me, e eu senti o peso conhecido desse olhar que vinha de longe, como uma sonda que trazia a notícia de uma estrela apagada. Max me perguntou pelas coisas na agência e por um momento tive a certeza de que ele só fingia ser ele mesmo, com algum tipo de fachada para proteger o mundo de sua ausência.

— Ainda seguem editando a revistinha? — perguntou. — Como se chamava? *Amestrar*?

— *Bem-Estar* — respondi. — E não, eu me demiti da agência faz séculos. Agora cuido do Mauro, lembra?

— O bebê gordo por quem me você trocou?

— Não é engraçado, Max.

— Está bem, está bem. Você não me deixou por ele, você me deixou por mérito próprio. — De repente, ele era o mesmo de sempre, como se esses poucos minutos o tivessem lembrado. — Mas gordo ele é, não é?

— Não fale assim.

— O que há de mal no que eu disse? O Universo é verdade.

— Sim, sim. O Universo é a verdade.

— *Verdade*. Não *a* verdade, como se houvesse uma só.

Olhei pela janela, a névoa cinza tapava a vista do outro lado.

— Quer saber a verdade, Max? Você é insofrível.

— Essa é uma verdade — disse ele, e riu.

Ficamos em silêncio. Ele não insistiu e eu não olhei o relógio. Quando desse o tempo regulamentar, a enfermeira jovem viria nos chamar a atenção.

— Me explique por que você saiu, se o alarme estava tocando.

Max olhou para os pés, para o espaço em que a manta esticada se interrompia com uma elevação.

— Não vai se sentar? — ele disse, apontando para a cadeirinha das visitas, um banquinho coberto com uma almofada removível parecida com um lençol.

— Diga para mim. Por que você não se importou com o vento?

— O vento? Você quer dizer o vento mesmo? Ou por que não me importei com você?

Nós nos olhamos e nenhum dos dois afrouxou o olhar até que me sentei na cadeira das visitas. Esperei que ele dissesse algo mais. Ele também esperou e o silêncio se encompridou. Senti o gosto metálico na boca; outra vez minhas gengivas estavam sangrando. O doente da cama mais próxima de Max girou a cabeça em nossa direção, parecia que ia acordar, mas só soltou um suspiro, lambeu os lábios e voltou a ficar imóvel. Max nem sequer o olhou.

— Você continua vindo me ver porque está cheia de raiva — disse.

— Essa é uma verdade.

— E a outra?

— Tinha a tarde livre.

Nesse momento ouvimos um ruído na porta. A enfermeira jovem vinha com uma bandeja.

— Tranquila — disse —, ainda falta tempo. Só vim mudar o soro.

Foi até a cama do terceiro doente, o que dormia na outra ponta, junto à parede, e mexeu na bolsa plástica. Olhei para Max, interrogando-o com os olhos. Os doentes crônicos não recebiam medicamentos nem terapia. Ele fez um gesto como que dizendo que a história era longa.

— Patricio está se negando a comer — disse. — Quer ir embora desse quarto ainda que seja pela porta dos fundos.

A enfermeira se limitou a sorrir.

— É compreensível. Digo, querer ir.

— É egoísta — corrigiu-me a enfermeira. — Quantos não dariam para estar nessa situação?

Terminou de conectar o tubo no soro e consultou o relógio. Não era bonita, exceto pela robustez e despreocupação que a juventude lhe outorgava.

— Vou deixá-los sozinhos mais uns minutos para que se despeçam.

Ao sair, fechou a porta completamente. Max me fez um gesto para me aproximar. Eu subi em sua cama pelo lado direito, onde havia mais espaço, e encostei minha cabeça em seu ombro. Era tão alto que mal cabia sentado nessa caminha de hospital. Ficamos em silêncio, o que nesse quarto significava o ronquido tênue de respirações e máquinas não tão distantes. Ao fechar os olhos, a claridade da janela se desenhou como um retângulo verde em minhas pálpebras. O retângulo foi se povoando de sombras, e nessa sombra vi Max. Vi o mar agitado e cinza, as ondas quebrando desordenadas. Não ondeavam, mas corriam sobre a superfície como um rolo de pintura branca. Ia dar para ver o pôr do sol, porque as nuvens não cobriam o horizonte. A areia estava úmida e esfriava meus pés. O vento nos inchava a roupa como um revoar furioso de um pássaro. Max, a sombra de Max, avançou até a beira, marcada, negra, longa a princípio, mas cada vez mais curta à medida que a água comia suas pernas. Eu o vi entrar na espuma revoltosa e suja. O frio não importava, nunca lhe importou. O sol já tinha passado da linha das nuvens e agora era um disco enorme e cegante. As ondas se chocavam contra a sombra, comiam seu torso, os ombros, e só a cabeça entrava e saía da água. Preta a cabeça, vermelho o sol, branca a espuma destroçada.

Algo se moveu. Max. Os cabos e todas as partes metálicas da cama rangeram. Abri os olhos e em vão busquei algo no retângulo na janela.

— O que disse um monge budista a seu filho? — perguntou Max.
— O quê? Não sei.
— "Um dia, filho, todo esse vazio será seu."

O cheiro de seu hálito estancado chegou até mim justo no momento em que a enfermeira voltou a aparecer na porta e anunciou que tinha acabado o horário de visitas. Disse "visitas" no plural, como se eu não fosse a única no quarto. Enquanto me acomodava o casaco e a mochila, vi sua figura rígida e branca esperando no vão da porta.

— Onde foi que treinaram essa aí? — eu disse, baixinho.

Max levantou os ombros e a comissura esquerda da boca, um gesto que lhe caracterizava desde a infância. O elástico que nos unia se esticou e, nas semanas seguintes, à medida que os dias com Mauro foram se repetindo, chegaria ao ponto mais distante possível antes de me lançar novamente em sua direção.

— O que dizer? — disse ele. — Somos os mártires da pátria.

Me diga.
O quê?
Como é aquele paradoxo de que, para se render, primeiro é preciso soltar, mas que não é ao soltar que alguém se rende?

O começo nunca é o começo. O que confundimos com o começo é só o momento em que entendemos que as coisas mudaram. Um dia apareceram os peixes; esse foi um começo. As praias amanheceram cobertas de peixes prateados, como um tapete feito de tampinhas de garrafa ou de fragmentos de vidro. Brilhavam, com lampejos que feriam os olhos. O Ministério mandou os catadores de lixo limparem todas as praias. Os peixes nem sequer se debatiam, estavam duros fazia tempo, inclusive antes de que a água os expulsasse. Os homens vieram armados de pás e restelos, mas sem máscaras. Durante o dia todo foram amontoando os peixes, pá a pá, até formarem pirâmides resplandecentes sobre a areia. O sol ainda brilhava no céu. Esse outro que ia começar ainda não tinha começado. As pirâmides pareciam miragens, vibrando na planície da tarde. Depois chegou o exército; recolheram os peixes com grandes redes e subiram as pontas para um caminhão. Levaram tudo. Não disseram para onde.

Estava voltando das Clínicas quando disparou o alarme. O taxista não acelerou; era do tipo cético. Adepto das teorias da conspiração, disse que tudo era uma mentira organizada pelo Estado.

— Então o senhor se banharia na Martinez?

— Não — disse ele —, mas eu nunca entrei na Martinez. Quando era criança, meu irmão pegou paralisia infantil nessa praia. Imagine quantos anos faz. Ficou com uma perna mais curta do que a outra e não sei se a diabetes veio por isso, mas sei que também teve. Olhe, estou falando de mais de sessenta anos. Mais de meio século que estes vêm preparando essa história das algas.

— Nunca viu nenhum contaminado?

— Escute o que vou dizer: há os que, se não têm doença, inventam. Uma vez levei um cara que gritava como se o estivessem matando. Olhava para as mãos, para os braços e gritava. Olhei bem para os braços dele e não vi nada, exceto que tinha a pele vermelha de tanto gritar.

— E que mais aconteceu?

— Depois, o Ministério me deu um tíquete para que me desinfetassem o carro, mas eu nunca fui. Para que perder tempo? E olhe, aqui estou eu contando a história. Precisamos parar de frescura. As pessoas são como são.

Desci do táxi e fiquei um momento na porta do edifício olhando a rua. A névoa tinha se dissipado. Via-se com clareza os edifícios do outro lado da praça pela primeira vez em dias, os bancos vazios, as árvores imóveis, à espera do último açoite. Era a fronteira difusa entre dois tempos, com a parte boa dos dois confluindo nesse instante. A princípio, sentia-me culpada por desfrutá-lo. A névoa era a outra face do vento vermelho, e, segundo Max, eu queria ir pela vida sem pagar nenhum preço por nada. Talvez ele esteja certo, e justamente por isso eu viva dando voltas no carrossel do passado, aninhando-me na memória como em uma poltrona muito fofa. Sem a névoa, as árvores se enchiam de detalhes. Cada galho seguia uma curva caprichosa e única; as folhas deixavam de ser uma massa genérica de cores imprecisas e era possível ver onde terminava uma e começava outra. Eu já não me sentia culpada de parar para olhar as ruas como tinham sido em outra época, os breves minutos em que as coisas voltavam a ser tangíveis, ainda que isso significasse a iminência do vento. Eu sempre acreditei que o mistério era o oculto que intuíamos, mas que nos escapava; agora sei que não. O mistério sempre esteve na superfície das coisas. O vento ia soprar de um momento para o outro, mas eu estiquei o tempo um pouco mais, empurrando o limite do perigo, até que um caminhão patrulheiro apareceu na esquina da praça e me jogou um foco de luz para que eu entrasse no edifício.

Durante o vento vermelho, os caminhões blindados da polícia patrulhavam a cidade. Sua tarefa consistia em resgatar os audazes e impedir que os loucos saltassem na água. Acima de qualquer coisa, primava o pudor: evitar o pequeno número exibicionista de se despelar em público. O patrulheiro não se deteve, mas avançou lento, vigiando minha intenção. Fiz um sinal para que se tranquilizasse. Tudo estava bem.

O assunto dos peixes obrigou a renúncia do ministro da Saúde. Ali começaram os escândalos que depois terminariam na criação de um novo Ministério, mais autônomo, mais rico, uma espécie de Estado paralelo. O rio não se esvaziou completamente de peixes, mas nenhum biólogo ou especialista em meio ambiente pôde explicar por que apenas alguns poucos se adaptaram. O novo Ministério tomou as rédeas do assunto, as rédeas do rio com peixes mutantes e algas cor de borra de vinho que estavam acabando com o ecossistema. Começou a reestruturação das Clínicas, fecharam a fábrica da colina, onde seu Omar tinha trabalhado a vida toda, por estar obsoleta e insalubre, e projetaram a construção de uma nova.

Eu me acomodei no sofá, enquanto lá fora as árvores se agitavam. Na televisão estava passando uma reportagem sobre a processadora nacional de alimentos, que era como se chamava oficialmente a nova fábrica. A câmera aérea não conseguia filmar o prédio inteiro, com sua arquitetura ovalada como um estádio de futebol. A linguagem que usavam também era esportiva. Diziam: triunfo, história, esperança. Um lugar transformador, onde os animais entravam vivos e saíam multiplicados. As imagens mostravam grandes bandejas de aço inoxidável, esteiras transportadoras, pinças robóticas e até um laboratório privado. Estritos controles de saúde para os alimentos e para os trabalhadores. Diziam: controles periódicos, aço cirúrgico. Diziam: sistema revolucionário, orgulho nacional. A casa sem Mauro era um lugar estranho. De certo modo, eu queria que ele voltasse a preencher aquele espaço, para me manter atada à minha própria máquina de distração. Já faltava menos, uma última noite que passaria ouvindo o bater do vento, com a casa no escuro exceto pelo reflexo volátil da televisão. No dia seguinte, a essa mesma hora, Mauro estaria chorando e eu terminaria deixando a luz do abajur acesa. Lavaria pratos, dobraria roupas, recolheria brinquedos.

Na tevê, um homem de terno e gravata, mas com rede cirúrgica no cabelo e luvas de látex, explicava os padrões de segurança da nova fábrica, suas máquinas rápidas e potentes que aproveitavam até o último centímetro do animal. Falava com o entusiasmo de um animador de acampamentos, e em cada palavra era como se injetasse proteína nos músculos debilitados de velhos e crianças. No entanto, as câmeras cuidavam para não mostrar a gigantesca bisnaga que expelia carne como se fosse creme dental. Eu a vi pela primeira vez na velha fábrica, quando ia com Delfa levar a marmita de seu Omar. Parecia leve, feita de ar, um chiclete de morango mastigado até perder o sabor. Delfa e eu nos sentávamos diante de seu Omar para vê-lo comer na salinha de paredes verde-água, com seu macacão de trabalho aberto na parte da frente. Acompanhávamos enquanto ele sorvia o resto da sopa de lentilhas do *tupperware* e untava o pão até que o pote estivesse limpo e só então o tapava com um *clac* e o devolvia a Delfa. Às vezes, ele me levava para andar pela fábrica e até hoje me lembro do odor rançoso de gelatina de carne e de terra mofada. Eles a chamavam de gosma rosa e cheirava a sangue coagulado e ao líquido que Delfa usava para lavar o banheiro. Também Delfa cheirava a isso, seus dedos, que esfregavam o macacão de seu Omar com sabão bactericida, que tiravam os cadarços de pano dos sapatos para lavá-los com alvejante e os penduravam na varanda, onde o sol terminaria de branqueá-los.

Claro que a gosma rosa tinha um nome técnico. Todo inconveniente tem um nome técnico, insípido, incolor e inodoro. Mas eu preferia chamá-la assim. Fazia-me pensar no boto, o golfinho rosa do Amazonas. A professora nos disse que o boto nascia cinza e ia se tornando rosa com o passar do tempo. Lembro-me de que, quando contei para Delfa, ela disse algo que naquele momento não pude entender: veja só, é o contrário de nós.

— Um alimento seguro, completo e nutritivo — disse o homem na tevê.

Simplesmente outra forma de aproveitamento. Uma máquina que esquentava as carcaças dos animais a altíssimas temperaturas e as centrifugava até extrair os restos de carne magra das partes mais sujas do animal. Não havia motivo para desperdiçar nada. Quando menina, Delfa me obrigava a dar um beijo no pão antes de jogá-lo fora, mesmo se fosse um pão duro, porque Deus castigava a quem jogasse um pão no lixo antes de beijá-lo. Também a casca do limão e da laranja eram aproveitadas para dar gosto ao mate. Mas eu pensava: para isso existe a fábrica de seu Omar, não? Ele nunca deixaria que nenhuma criança morresse de fome. Às vezes, eu achava que seu Omar era o dono da fábrica (ele tinha a chave e, quando íamos percorrendo as salas, todos os funcionários me cumprimentavam). Por que seu Omar não fazia mais comida? Ele podia apertar um botão e fazer que aparecessem quinhentos tubinhos de embutidos. Porque, nessa época, eu já tinha entendido que essa era a função da gosma rosa: multiplicar a carne e nos alimentar, criando salames artificiais e fazendo salsichas rápidas de cozinhar, como as que minha mãe gostava. Um minuto na água fervendo e assunto resolvido. Delfa não queria que eu comesse esse tipo de coisas, mesmo que ela e seu Omar as comessem o tempo todo. Quando íamos ao supermercado, ela me mostrava os pedaços de presunto, de cor rosada e perfeitamente quadrados. Vê? Parece uma pata de porco? Quando você viu um porco quadrado assim? E se minha mãe lhe pedia que comprasse salsicha *frankurters*, Delfa dizia: senhora Leonor, não há nada melhor do que um churrasco de verdade. Tudo o que a senhora investir nessa menina, Deus lhe pagará.

Fora da câmera, nos confins das bandejas de aço, a carne centrifugada, mistura de dejetos, tripa e tudo o que sobrou dos cortes finos, passaria a uma unidade de desinfecção. O homem de gravata apontou as mangueiras que vaporizariam a carne com amoníaco. Disse: segurança. Disse: bioengenharia. Disse: superbactéria. O amoníaco eliminava as bactérias e ajudava a aglutinar o que, pela natureza dos restos, resistia a se aglutinar. Isso também tinha me explicado seu Omar, nós três sentados na sala de paredes verde-água, enquanto ele montava uns sanduichinhos de queijo e marmelada, e tomava café com leite batido e muito açúcar. Batido pelas mãos de Delfa, grossas e eficientes. Eu sempre a via fazendo, *taz taz taz*, potência, velocidade, e a espuma crescia com um ruído de bolhas. Sentados na salinha verde-água, falávamos de qualquer coisa até que seu Omar tivesse de voltar ao trabalho. Menina, me conte algo novo que você aprendeu na escola, ele me dizia. E eu falava do pacu, o único peixe com arcada dentária humana. Quanto doeria uma mordida de pacu? Um peixe que podia sorrir e ostentar os dentes mais brancos e alinhados que os meus. E eu dizia: os tubarões têm muitas fileiras de dentes. Quantas?, perguntava seu Omar. Dez fileiras de dentes, eu inventava. Delfa movia a cabeça: daqui a pouco não vamos precisar de dentes, se ninguém mais come carne de verdade.

A câmera voltou a sobrevoar. Cada seção, a bovina, a suína, a aviária e as leguminosas, tinha um teto de cor diferente e, vistas de cima, se pareciam muito com os Legos de Mauro. O drone girou para fazer uma panorâmica de trezentos e sessenta graus. A névoa, que vista de baixo era como uma massa imóvel, de cima era possível notar que corria rápido, como nuvens ligeiras e esgarçadas. A câmera não voava alto, nem sequer chegava ao primeiro anel, e só os helicópteros do exército conseguiam atravessar o segundo. Como será que se via o novo mapa a partir do céu? As luzes, que antes se abarrotavam sobre a região costeira, hoje estão apagadas, formando uma geografia nova e impossível de imaginar, o rio sem barcos pesqueiros fazendo piscar suas luzes vermelhas; o céu impenetrável, sem avião nem estrelas.

Agora, Max e eu estamos em um rio. A água é turva e nos chega até a cintura. Ele mergulha e eu só consigo ver a sombra escura de seu corpo ondulante. Então me morde. Eu dou um grito quase ao mesmo tempo em que ele sai esguichando água.

— O que foi? — ele pergunta.

— Você me mordeu!

Ele ri, e eu penso que sempre gostei do sorriso dele, com a comissura esquerda mais alta que a direita. Depois diz que não me mordeu não; parece desconcertado.

— Sim! Mordeu minha perna — digo.

Tento levantar para olhar a ferida, mas o outro pé escorrega no fundo de barro e caio para trás.

— Você está louca? Para que vou te morder?

Nesse instante, estou brava, caminho mancando até a beira. Ele me segue, se defende:

— Pode ter sido um pacu.

Sentados na areia, olhamos a marca vermelha de dentes humanos em minha perna branca.

— Um pacu? — digo, mas estou pensando em outra coisa: ele sempre quis me morder, sempre quis me devorar de algum modo.

Max estuda a ferida:

— Ao menos não está sangrando — diz.

Tenho vontade de começar a me queixar de outras épocas, mas me contenho. Agora as coisas são distintas, passaram-se anos e tenho que aprender a confiar. Não posso pedir que ele abra a boca e me prove que seus dentes não coincidem com a marca que deixou o suposto pacu. Ficamos em silêncio. Foi o pacu, penso. E repito: foi o pacu, enquanto deixo que ele me esfregue a ferida, que a massageie até que ela se transforme em outra coisa.

Desde menina tenho esse tipo de sonhos estranhos. Sonhos lúcidos, se chamam, nos quais quem sonha tem consciência de estar sonhando e ao mesmo tempo, não consegue despertar. Quando abri os olhos, o programa já tinha terminado e só sobrou o formigueiro preto e banco da tela de fim de programação. Não tinha forças para ir até a cama. Em cima da tevê, havia ficado o chapéu que fiz para Mauro, para seu aniversário umas semanas antes, um cone de papelão pintado à mão que já começava a descolar. Tive de usar o verso de uma caixa de hambúrgueres, porque na loja do Valdivia não encontrei nada para fazer artesanato. Passei minha língua pelas gengivas e as senti inchadas e doloridas. Só de pressioná-las um pouco já começavam a soltar esse gosto ácido de sangue. Algo dentro de mim queria se deixar cair, fundir-se em um lixão tão vasto e profundo como o rio. Devia resistir ao estiramento do elástico, a suspeita de que eu poderia ter impedido que o vento vermelho o tocasse. Pensei em Max, seu um metro e noventa encaixado na cama do hospital. Pensei no carreto que veio levar suas coisas, só maletas e caixas, porque ele nunca tinha dado um centavo para os móveis, enquanto eu observava os carregadores da varanda. A gritaria das crianças no pátio da escola. Minha mãe dizendo: você se livrou de um câncer. Mas não sei em que ordem aconteceram as coisas. A lembrança também é um resíduo reciclável.

Quem disse isso?
Ela.
E que mais?
Nada.
Nem um gesto?
Não me lembro.
Não se lembra do mais importante.
As palavras não são o bastante?
O gesto desmente ou confirma a mensagem.
E se eu te disser que franziu as sobrancelhas?
Você mente.
Claro.
Ninguém diz o que diz: só o rosto fala.

Mauro voltará ao meio-dia. Estarei esperando por ele na janela. Olharei para a tempestade: o céu laranja como um ferro incandescente e apenas umas poucas nuvens finas que não chegarão a se formar antes do próximo vento. Verei a quatro por quatro dar a volta na praça e entrar na garagem do prédio. O apartamento já estará pronto para Mauro. Abrirei a porta e os esperarei no corredor. Poderei ouvir seus passos na escada, seguidas do silêncio cada vez que caminhem sobre a parte acarpetada. Quando chegarem ao terceiro andar, distinguirei a respiração agitada de Mauro e seus passos fortes, o peso de seu corpo em cada degrau.

Desta vez virá sozinho com o motorista, que também trará as duas caixas de comida. A cabeça do motorista permanecerá oculta atrás das caixas, mas dará para ouvir suas bufadas, o esforço que faz para manter o equilíbrio, com as costas um pouco arqueadas para trás. Mauro trará sua cara de pirraça. Não vai querer me dar um beijo e se enfiará rápido em casa sem falar comigo. O motorista apoiará as caixas no chão, estará vermelho e transpirando. No ombro terá pendurada a mochila de Mauro com a imagem do Homem-Aranha. Ele me passará a mochila e o envelope com meu pagamento mensal.

— Muita falta, muita fartura — eu lhe direi.

O motorista continuará com a expressão séria, protocolar, como se ele e eu não fôssemos da mesma espécie, dois empregados a serviço dessas notas que chegam dentro de um envelope.

— O elevador não funciona mais?
— Falta de manutenção. Mas até que um exercício de vez em quando cai bem. Foi longa a viagem?
— A estrada estava complicada. Cheia de blitz, controles. Buscam mercadorias contrabandeadas.

Bem neste momento, como um detalhe sinistro, disparará o alarme. Poderei ver o breve pânico nos olhos do motorista e depois, o modo como seu corpo se obriga a manter a compostura.

— Não é melhor esperar aqui dentro?

Ele me desestimulará, encolhendo os ombros.

— A caminhonete é blindada.

Depois, ele vai ficar olhando para o envelope na minha mão.

— Não vai contar?

Suponho que lhe dava curiosidade saber quanto alguém poderia oferecer para outra pessoa aceitar se responsabilizar por um menino que não distinguia entre um dedo e uma salsicha. Eu não fui a única que tentou cuidar de Mauro, mas sim a única que aguentou mais de uns meses.

— Não se preocupe — eu lhe direi. — Assim está bem.
— O alarme nos obrigará a levantar a voz. — Nos vemos mês que vem.

Ele dirá que sim, não muito convencido, enquanto se afasta em direção à escada.

Eu tinha visto o motorista umas duas ou três vezes antes dessa. Em geral era a mãe que trazia Mauro e muito de vez em quando o pai, um homem austero e simples, o total oposto da mãe, que se fosse uma casa estaria cheia de esconderijos e portas falsas. Fiquei parada no corredor um pouco mais de tempo, mesmo que já fosse impossível ouvir os passos do motorista na escada. Mauro devia estar assustado; sempre que chegava, parecia ter esquecido essa vida repleta de medidas de segurança, as janelas fechadas, os filtros de ar, a água que devia ferver duas vezes antes de ser ingerida e o alarme que anunciava o vento.

Quando entrei, Mauro estava sentado no tapete em frente à televisão, com a cabeça inclinada para o lado para cobrir a orelha.

— Já está terminando — disse eu. — Quer me contar como foi com os cavalos? — Fez que não com a cabeça, esfregando-a um pouco contra o ombro. — Quer que cantemos a música do sapo cururu?

Também não.

Abriu a mochila e revirou seu interior. Como não encontrava o que queria, jogou todo o conteúdo da mochila no chão até topar com o livro.

— O que é isso? Um livro novo? De dinossauros?

— Tiranossauros — disse, e me mostrou.

Nós dois nos sentamos para folheá-lo no sofá. Lá fora, o vento já levantava poeira e mugre. Voavam papéis e restos de lixo. As nuvens rosadas haviam desaparecido e o céu tinha agora esse tom brilhante, como de carne crua escorrendo seu suco sobre nós. Mauro olhava atento as ilustrações dos dinossauros, mas com a mão esquerda seguia tapando o ouvido, e tinha recostado o outro contra meu braço. Seu tamanho não correspondia a sua linguagem corporal. Parecia um menino inflado por obrigação, inflado como um pneu que não pode ceder nem um milímetro de diâmetro, as bochechas rechonchudas, um olho que se fechava só pela metade e uma boca diminuta, mas capaz de devorar qualquer coisa que tivesse à sua frente sem sequer mastigar. Uma boquinha de piranha, rápida e incontrolável. E, no entanto, eu acreditava conhecer esse menino; acreditava ser capaz de antecipar as coisas que o deixariam nervoso, que o levariam a se esconder dentro de si como um molusco, resguardado dentro de um corpo que era puro instinto. Talvez por isso Mauro tivesse esse efeito tranquilizador sobre mim. Só diante dele eu me sentia na faculdade de não ocultar nenhuma parte de mim mesma. Mauro era o terreno seguro que me devolvia ao torpor. Com Max sempre foi o contrário, mesmo agora que ele está prostrado em uma cama de hospital, convertido por fim em um semideus que a ciência profanava diariamente com agulhas e aparelhos de medição. Os médicos conheciam todos os seus números sob o microscópio, os dados de uma química única. Tinham visto sua pele sob o microscópio, o mosaico preciso de suas células, o movimento de sua morte. E, ainda assim, não o conheciam.

— Torvossauro — li —, o réptil alarmante.

Mauro apontou o desenho sob o título em letras vermelhas derretidas: *Dinossauros carnívoros*.

— E este?

— Tiranossauro rex.

— E este?

— O dilofossauro, lagarto de duas cristas.

O dedo, com a unha curta e suja de algum grude vermelho — um pirulito de morango ou algodão-doce —, ia deslizando pela página.

— O espinossauro egípcio — disse.

— E este?

— O lagarto com dentes de tubarão.

Como funcionava a lógica de Max? O alarme tinha disparado, fazia tempo que o vento já se anunciava, mas de todo modo ele saiu para o jardim. Já era novembro, seis meses desde que não vivíamos juntos. Se eu estivesse lá, as coisas teriam sido diferentes, mas talvez por isso mesmo ele o fez, para tatear os limites de sua nova liberdade. Era novembro, digo, e a epidemia não dava sinais de melhora. Frio e vento e devastação. Ainda não tinham ordenado evacuar a região costeira, mas o Ministério acabava de inaugurar a nova zona de quarentena das Clínicas. Vivíamos em estado de constante alerta. Naquele dia, Max saiu para juntar lenha, mesmo que a névoa já estivesse pairando e a areia começasse a coçar suas panturrilhas. Arrogância ou sacrifício? Caminhou lento pelo quintal, recolheu as pinhas, os poucos galhos secos que sobravam, pois a umidade já cobria tudo de fungos, amaciava a terra e carcomia os metais. Duas semanas depois, começou a coceira nas coxas, e as manchas vermelhas nos braços.

— E este? — perguntou Mauro.
— Giganotossauro — li. — O réptil gigante do vento do Sul.
— Gigante — disse ele. — Come?
— Sim. E que mais fazem os dinossauros?
— Comem.

Enquanto Mauro brincava, tirei todas as notas do envelope, contei-as e enfiei dentro do cofre com as demais. Nesse cofre estava tudo o que era valioso; as notas com desenhos de nossa fauna autóctone que compravam possibilidades de futuro e os frascos com a comida de emergência: picles em conserva, cebolas curtidas, pêssegos em calda, latas de milho. Eu escondia a chave sobre o espelho do banheiro, onde havia toda uma coleção de chaves de diferentes tamanhos e rugosidades que eu podia reconhecer ao tato. Cada uma para um cadeado distinto: a geladeira, os armários da cozinha, as gavetas de meu quarto. Quando se tratava de fome, com Mauro, nenhuma precaução era suficiente.

Uma vez, sua mãe me contou, tiveram de submetê-lo a uma lavagem de estômago, porque ele havia tragado um monte de remédios do armário do banheiro, que desde então também tinha chave. Há que viver com quatro olhos, disse-me a mulher, viver à espreita. Notava-se que estava cansada, e nesse momento acreditei identificar um traço de pena na maneira em que pronunciou as palavras. Mas talvez não fosse isso, talvez simplesmente estivesse me dizendo como fazer meu trabalho.

E o que acontece se eu for embora?
O que acontece se você for?
Essa é uma resposta ou é outro de seus *koan*?
Está pedindo minha permissão?
Não.
Então o quê?
Outro dia te vi.
Onde?
Em um sonho.

Mauro voltou genioso e se negava a respeitar as regras que eu me esforçava em ensinar a ele. Também me pagavam para isso, para ensinar uma e outra vez a mesma coisa, os mesmos "não", as mesmas rotinas que sua mãe destruiria no mês seguinte. Pagavam-me para não reclamar, para mantê-lo amarrado e inventar canções que o distraíssem da fome. Voltou com toda a roupa suja do campo, manchas de terra e mato nas calças, respingos de comida nas camisetas. Esfreguei tudo e minhas mãos ficaram vermelhas. Essa imagem me lembrou de Delfa. Naquela noite tinha sonhado com ela, e pensei que Delfa teria sabido como desencardir essa roupa, tirar as manchas difíceis. Devia ter uma receita caseira para tudo isso, talvez bicarbonato de sódio, limão ou vinagre.

No sonho, Delfa vestia o avental e os sapatos de sempre. Nada nela tinha mudado, mas era como uma estranha para mim. Eu (não a menina, mas a mulher que sou agora) a olhava com desconfiança. Delfa gritava a um cachorro que não parava de latir; estava furiosa porque esse cachorro a estava perseguindo há uma longa distância e fazia dias que tampouco a deixava dormir. De repente, ela se virou e me olhou, como se só agora notasse minha presença: se um cristão aplica remela de cachorro nos olhos, disse, verá o diabo ou as almas. O cachorro seguia latindo, mas não parecia ter intenção de morder. Agarrei seu pescoço com uma mão e com a outra lhe tirei a substância pegajosa que lhe cobria os olhos, injetados de raiva. Nesse momento, acordei.

Não consigo me lembrar se no sonho Delfa já usava peruca. Um dia chegou em casa com uma peruca áspera que tentava ser loira, mas que parecia coberta por uma camada de cinzas. A peruca se movia e eu a observava acomodá-la diante do espelho, prendendo-a com muitos grampos pretos. O tratamento também tinha rachado todos os seus dedos e essas feridas sangravam e ardiam quando ela me dava banho ou quando picava cebola. Lembro-me dela, de pé na cozinha, fazendo bolinhos de arroz, e me lembro também do cabelo que ia deixando sobre as almofadas do sofá e depois a peruca sintética, brilhante, que nunca juntava caspa.

— Também quero uma peruca — disse-lhe, enquanto Delfa trançava meu cabelo. Eu gostava de me sentar entre seus joelhos e que ela me penteasse com a escova de cerdas macias. Esse contato me adormecia, a lentidão com que passava a escova até bem embaixo, inclusive quando já fazia tempo que ele estava desembaraçado e sedoso. Agora penso: as mãos de Delfa eram outra certeza, assim como os verões em San Felipe, e não havia nada que eu não ansiasse mais do que isso, o previsível das coisas.

— E para que você quer uma peruca, hein?

— Assim não tenho mais que lavar a cabeça.

Delfa caiu na risada. Sempre deixava cair sabão em meus olhos quando me enxaguava o cabelo, e as sessões de banho com ela sempre eram de tortura. Minha mãe dizia que o assunto dos cabelos era *sinistro*. Quando chegava do trabalho, sentava-se no sofá da sala, sempre exausta, com as pernas abertas e a camisa desabotoada. Tirava os brincos e os anéis e os colocava na mesinha. Pedia-me para ligar a televisão, pedia-me para mudar de canal, para subir o volume, para ajeitar a antena, e se ela encontrava um cabelo loiro nas almofadas ou sobre o braço do sofá, levantava-o com dois dedos, como se fosse uma minhoca, e dizia: que sinistro. Por essa época, eu já tinha começado a chamar Delfa de "mamãe". Falava sem que minha mãe soubesse, sem inocência infantil, sabendo que se tratava da pior das traições.

Para o dia das mães, eu tinha feito dois desenhos. Os dois tinham pássaros, árvores e frutas. Uma casa, dois bonecos de palito, um alto e outro pequeno. Um dos desenhos dizia "Leonor", escrito com lantejoulas, e o outro dizia "Delfa". Faz uns anos, quando consegui recuperar a pista de seu Omar e pude visitá-lo, ele me contou que Delfa levava o desenho dobrado dentro da carteira. Ele o encontrou ao conferir seus pertences para o funeral.

— Às vezes ela me aparece nos sonhos — contei a seu Omar.
— E o que ela diz?
— Nada.

O desenho continuava existindo. Seu Omar me entregou como se eu estivesse esperando por esse momento há muito tempo. Abri: o papel estava quase transparente, a ponto de se rasgar nas dobras. A lantejoula tinha descolado em algumas partes e já não se lia o nome de Delfa inteiro, mas só algumas letras e o rastro cinza das outras.

— Nós não precisamos falar muito — disse seu Omar. — Quanto menos uma pessoa fala, menina, mais ela faz companhia.

Max e eu não fazíamos mais que falar. Era nossa maneira de substituir o contato do corpo. De menina e adolescente, nunca conheci o desejo; se pensava em meu corpo, era como uma moeda de troca. Sabia, mais por intuição do que por experiência, que havia certas coisas que eu podia conseguir com meu corpo. Não o achava desagradável, mas tampouco digno de ser venerado. Por isso, quando Max começou a se afastar, absorvido por sua busca de si mesmo, eu me acomodei facilmente à situação. Eu achava que nossa relação existia em outro plano, e no fundo até me orgulhava disso. Podíamos chegar a passar a noite inteira conversando, e quando os pássaros noturnos anunciavam o amanhecer, já rendidos de escavar palavras dentro de nós mesmos, eu deixava que seu corpo agonizasse sobre o meu, dentro do meu, até que adormecêssemos. Você sofre de excesso de civilização, dizia-me Max, e depois me abraçava, enfiava a língua dentro de minha boca e ríamos. Para que você tem língua? Ele dizia ter uma língua *estéreo*, enquanto a minha era *mono*. Com o tempo, essas mesmas coisas que nos pareciam encantadoras do outro se transformaram no projétil que atirávamos um contra o outro.

Uma das últimas vezes que dormimos juntos, Max me abraçou pelas costas e enfiou as mãos por debaixo da minha camiseta. Já tínhamos apagado a luz e eu havia passado todo o sábado com Mauro. No mesmo minuto, acordei. Mas fingi que seguia dormindo enquanto ele me tirava a calça e a calcinha. Senti seus dedos entrando em mim; manobrava lá embaixo como quem busca algo com desespero e crescente raiva. Não emiti nenhum ruído, nem de prazer nem de queixa. Quando ele me moveu para me deixar de barriga para cima, eu estava seca e ele teve que fazer uma certa força para me penetrar. Senti como a carne resistia e esse som, que talvez só fosse a sensação de algo plástico que cede, como quem abre uma luva de borracha pela primeira vez. Max me pediu que me movesse e eu disse: não quero fazer esforço. Isso eu já reparei, ele disse, e saiu de mim. Caiu de costas sobre a cama, exagerando o impulso para que o estrado de madeira estremecesse de propósito. Não quis dizer isso, disse a ele. Sentia seu corpo, comprido e eterno, à minha esquerda, mas nem um centímetro de nossa pele se tocava. Durma, disse ele. O que eu queria dizer era que já não encontrava a vontade de fazer nenhum esforço, nem por ele, nem por nós, nem por mim mesma.

Com Mauro eu não podia falar muito, e isso alterava a equação. Sentia-me torpe e desarmada. A princípio, quando mal o conhecia, não podia pensar nele como algo diferente de sua doença. Sua condição de menino doente o definia e não lhe dava direito de ser outra coisa. Eu ainda trabalhava na agência e tinha começado a cuidar de Mauro nos fins de semana para passar o menor tempo possível com Max. Ainda vivíamos juntos, mas nossa relação não era mais do que uma armadilha de rancor. Ele se sentia preso comigo; e eu me sentia traída. Vivíamos para honrar as crianças que tínhamos sido e que já nem sequer se pareciam com a gente.

Um desses fins de semana tive a ideia de levar Mauro para comer fora. Na mesa ao lado, uma menina ficou o encarando enquanto ele comia com uma ansiedade que eliminava qualquer ideia de desfrute. Mas a menina não o olhava por isso; não tinha mais de três anos e quem sabe que coisa lhe atraía na maneira em que Mauro manipulava o guardanapo e o dobrava em tantas partes quantas fosse possível. Eu tinha lhe ensinado que um papel nunca podia ser dobrado mais do que sete vezes, não importava o tamanho que tivesse, e ele se lançara ao desafio de comprová-lo. Ao lado da menina, estava seu irmão mais velho, que comia abstraído em algum videogame portátil. Os ombros estavam curvados para a frente, como se ele quisesse se enfiar dentro do aparelho. A mãe, de braços cruzados e com sua comida intacta, o matava com olhos de indignação, mas o garoto não se inteirava de nada. A mulher bufou e virou então para ver o que tanto intrigava a menina. Então viu Mauro. Analisou seus braços adiposos, a papada que lhe desconfigurava o pescoço, as mãos pequenas e inchadas, nada velozes.

— Sebastián, largue esse aparelho — disse, de repente. E disse com tanta firmeza que o menino levantou os olhos e encolheu os ombros.

— Eu já perdi mesmo — disse ele, e apoiou o console ao lado do prato.

Mas ela seguia olhando para Mauro, agora com uma expressão mais suave, talvez de alívio, talvez de superioridade. Seus filhos deviam ter problemas, sim, mas eram problemas normais, pequenas dores de cabeça. Só tinha que impor limites, ser firme e ao mesmo tempo branda, para que não a acusassem de mãe má. Como encontrar esse equilíbrio? Ela se esforçava para sobreviver à maternidade, esse campo minado que não lhe permitia nenhum movimento sem o risco de se implodir em pedaços. Mas então via exemplos como o de Mauro, pobrezinho, e isso lhe oferecia a possibilidade de pôr tudo em perspectiva. A mulher continuava analisando Mauro; até que se formou uma expressão de medo em sua boca. Eu já estava para falar-lhe alguma coisa, mas justo nesse momento a menina apertou forte a bisnaga de ketchup e um jorro grosso caiu sobre o prato e sepultou suas batatas fritas.

— O que você está fazendo? — disse a mãe, novamente alterada. A menina tinha os dedos melecados de vermelho e os mostrou à mãe como se a cumprimentasse. — O que você quer, Micaela? Vai comer tudo isso? Quer terminar — neste ponto, baixou a voz quase ao volume do sussurro e se agachou para ficar na altura da menina — como esse menino?

Então, sim, me levantei. A mulher certamente percebeu, porque permaneceu imóvel, aferrada a uma das mãozinhas sujas da filha. O menino está doente, estive a ponto de dizer, e foi aí que me dei conta: necessitava justificá-lo, necessitava convertê-lo em uma síndrome para aplacar o nervosismo alheio e, suponho, também o meu. Mauro não escaparia nunca. Eu sim, eu podia fugir, desligar-me e reduzi-lo a uma anedota. Ele seria, para sempre, o recipiente que continha a doença.

Com o tempo, comecei a pensar em sua síndrome como um impostor que tinha ocupado seu corpo. Nem sequer era um gene que dominava sua fome, e sim a ausência de um, um pedacinho de informação faltante no cromossomo 15, a menina bonita. À primeira vista, tinha sido um bebê como os outros, só que sem força para sugar, os músculos laxos, a cabeça frouxa. Um futuro monstro, incapaz de se saciar. Como será sentir fome constante? Uma fome avassaladora que impede qualquer outro pensamento. A necessidade vital de apagar a voz, de preencher um vazio incompreensível. Até os três anos, Mauro tinha sido o orgulho da mamãe, um bebê redondo e feliz, lento na aprendizagem, sim, mas desses meninos que não têm nojo de nada: comia brócolis, azeitona e polenta. Certo dia, porém, algo aconteceu. Ela voltou à cozinha e o encontrou comendo frango congelado, recém-tirado do freezer. Mauro mastigava o trambolho de pele branca e rugosa, coberta de gelo, e nem sequer a ouviu entrar.

— Ele não pensa em mim nem em você — ela vai me dizer em um dia que àquela altura parece distante. — Só pensa em sua próxima comida.

É desmedido o ego de quem batiza uma doença incurável com seu próprio nome. A doença nunca pertenceu àqueles que jamais conheceram o buraco negro da fome em seu próprio estômago, o chamado irrefreável a mastigar paredes, a engolir lixo. Naquele dia, saímos do restaurante e descemos as três quadras até o calçadão. Era sábado, e toda a cidade tinha ido até lá para desfrutar do sol, não pelas razões que hoje sabemos, impossíveis de antecipar, mas porque eram os primeiros dias de maio e cada dia de tempo bom era visto como um erro de cálculo. As pessoas corriam ou andavam de skate. Estavam vestidas com roupas que não correspondiam à época do ano, como se habitassem nos interstícios desse erro da natureza. Mauro se sentou no banco de cimento, de frente para o rio. Suponho que se sentia pesado, que seu estômago fazia um esforço para se expandir e reter dentro dele toda essa comida, mas o menino não notava.

   Um cruzeiro se dirigia ao porto e, no horizonte, era fácil observar outros navios de carga esperando. Mauro os contou. Brincamos disso. Era um dia normal, não era o começo de nenhuma coisa. Uns meses depois, as algas foram tomando o rio e a superfície se tingiu de vermelho. Um belo fenômeno. Íamos ao calçadão ver; nem acreditávamos que podia ser perigoso. O rio já não era marrom ou verde, segundo a ilusão de ótica do céu, mas com seções completamente vermelhas, às vezes uma faixa resplandecente na linha do horizonte, às vezes um círculo arroxeado, como se da água subisse uma língua de fogo. Nosso rio transformado em um tapete de retalhos, em um espetáculo de luzes. As crianças aplaudiam; nós adultos tirávamos fotos. Mauro parecia hipnotizado pelo mar em chamas. Mas a euforia não durou. Umas semanas depois apareceram os peixes mortos. Foi só então que o Ministério mandou buscar os mergulhadores para inspecionar o leito do rio.

E vai buscar o que lá?
O mesmo que você.
Você tem raiva que esse passado que tanto ama já não me importe.
Ou seja, que você não voltaria?
Para quê?
Eu volto toda hora.
Com a mente, quer dizer?
Algo assim.
A mente é um lugar perigoso.

O telefone tocou às sete da manhã. Mesmo antes de atender eu já sabia que era minha mãe. Eu já tinha pedido um milhão de vezes que ela não ligasse tão cedo, mas era normal ela não registrar nada do que se pedisse. Levantei-me, cambaleante, com medo de que o barulho acordasse Mauro. Tinha ido dormir depois da meia-noite, após um novo ataque de choro. Negava-se a fechar os olhos; não queria que eu apagasse a luz. Jogou os cobertores no chão e montou uma cabana com o lençol. Eu fiquei sentada a seu lado, na bordinha da cama, tentando acalmá-lo enquanto ele falava sozinho. Nem sequer eram palavras conhecidas; ele tinha se refugiado em sua linguagem inventada, com vogais lamuriosas. Sempre que voltava do campo era como se tivesse retrocedido na linguagem. Eu suspeitava de que lá ninguém falava com ele, que o tratavam como um animalzinho galopante, dando voltas ao ar livre, metendo a mão em qualquer buraco cheio de bichos. Mas eu exagerava, provavelmente. Alguém devia se encarregar dele, alguma outra babá que não tinha a paciência de ficar em cima e brigar por tudo que ele levasse à boca, e que não devia conversar muito com ele.

Cheguei ao telefone antes do terceiro toque. A sala estava fria e o amanhecer se anunciava com uma luz morrediça.

— Como está?

— Ingovernável.

— Sabe o que eu penso disso, né?

Três linhas pretas, duas linhas brancas. Eu tinha esquecido de baixar as persianas na noite anterior e a claridade se recortava contra as tábuas de madeira na parte superior da janela: as linhas muito pretas, as linhas brancas interrompendo a escuridão com seu brilho sujo.

— Não vale a pena, filha.
— Mãe, são sete da manhã.
— E isso lá tem importância?

A claridade me castigava os olhos. Três, dois, três. Se eu fechasse um olho e depois o outro, se os abrisse intermitentemente, as linhas pareciam se mover. Para cima e para baixo. Três, dois, três, dois. Apenas um milímetro. O brilho deixava uma estela resplandecente no olho fechado, que demorava a se dissolver.

— Sabe que horas são? — ela disse. — Eu digo que horas são: hora de você reagir.

Três, dois: inspirar. Três, dois: expirar. Não havia sombras no assoalho, só o buraquinho negro de alguns tacos soltos. O padrão geométrico das tábuas se estendia em zigue-zague, como flechas que mantinham os olhos em movimento.

— Já falta menos — respondi em tom de triunfo. — Você vai ver.
— É o que eu dizia à sua prima quando falamos ontem. Sabe como nos veem os que moram lá dentro?
— Como uns loucos?
— Pior, como uns condenados.
— Quando estivermos no Brasil, diga a ela, vamos enviar um cartão-postal.
— No Brasil... sim. E o que vamos fazer lá?
— Não sei, viver.
— Você diz como se estivesse morta.

Dois. Dois. Dois.

— Estou?

Três.

— Você está deprimida, filha, está mal. E tudo isso por quê? Quanto tempo mais vai seguir assim?

— Imagino que esteja falando de Max outra vez.

— De quem mais estaria, se não ele? O que você pensa que ele está fazendo agora? Vivendo sua vida. E olhe você.

Amanhece, quer amanhecer, a claridade se aperta contra a persiana, penetra as linhas, escurece as faixas. Doistrês, doistrês. Uma sombra tênue se estreita no assoalho, a linha reta da tábua mais baixa. Mas o sol vai perder a batalha, assim como eu, e meus pulmões começam a se agitar.

— Já falta menos, mãe, já tenho quase todo o dinheiro.

— O dia todo enfurnada aí, com esse menino.

— Você quer ou não quer vir comigo? Não estou te obrigando a nada.

— Aonde?

— Ao Brasil, aonde mais? De que estamos falando?

— Não sei do que você está falando. Mas eu falo de sua vida. Olhe um pouco para si mesma.

Não foi um ruído, mas outro tipo de silêncio que me fez virar para trás. Dei as costas à janela e na penumbra encontrei Mauro, de pé, esfregando os olhos. O pijama lhe apertava debaixo dos braços e ao redor da barriga, também nas pernas, e algumas costuras começavam a ceder.

— Olhe o que fizemos — eu disse —, acordamos Mauro.

Mas ela não me ouviu.

— Você sabe o que é, para uma mãe, ver uma filha assim?

— Eu já tinha perdido a conta das respirações e só sentia o pulsar da raiva em minha garganta. Atrás de mim, as linhas brancas fundiam suas lanças em minhas costas. — Não sei por que ainda ligo para você, se é para me aborrecer.

— Então é melhor que não nos falemos.
— Sim — disse —, é melhor que não nos falemos.
— Sim.
— Sim.
E desligou.

Passaram-se dez dias desde a chegada de Mauro e o alarme continuava soando diariamente. Era um fenômeno — outro fenômeno — ao que intitularam El Príncipe. Hoje posso dizer que esse foi um começo, mas naquele momento eu acreditava que se tratava de um final. Pensava que o que estava terminando era minha relação com Max. O problema é que os começos e os finais se sobrepõem e, então, enquanto alguém acredita que algo está terminando, na realidade, é outra coisa que está começando. É como olhar o movimento das nuvens: vão mudando de forma na medida em que avançam, mas se não paramos de olhar, veremos que a forma se parece bastante, que esse coelho de algodão continua sendo um coelho, um pouco mais largo, as orelhas mais curtas, o focinho desbotado; talvez esteja mais bagunçado, o rabo perdido, também perdeu um pouco mais de pelo, mas ainda podemos vê-lo. No entanto, basta olhar um segundo para o outro lado para que, ao voltar a observá-lo, já nem sequer reconheçamos os restos do coelho anterior, e sim apenas uma massa de nuvens.

Agora, por exemplo, estou no começo ou no final? É como uma longa pausa, um tempo suspenso.

O caso é que eu ainda não tinha conseguido tranquilizar Mauro. Todas as noites, ele se levantava e remexia em tudo; quebrou um frasco de xampu, sua ansiedade estava transbordando. Eu já advertira a mãe dele: que Mauro sofria cada vez mais com a mudança, a adaptação ao confinamento. Apesar dos filtros, o ar da casa estava viciado depois de tantos dias sem abrir as janelas. O canal de notícias só falava sobre as desgraças que El Príncipe havia trazido. Quarenta casos de infecção na última semana; o dobro do que havia nos meses anteriores. O vento podia entrar até pela frestinha mais estreita de todas e alguns acordavam no meio de um redemoinho picante e ácido. A pele descamava no quarto ou quinto dia. Antes, os sintomas se pareciam com os de uma gripe: tosse, debilidade, mal-estar generalizado. Isso era tudo que sabíamos, além dos boatos. A televisão não falava de pessoas em carne viva, de crianças ou idosos perdendo a pele ao menor contato com um tecido de camisa. *Se padece de alguns desses sintomas, dirija-se imediatamente ao Hospital das Clínicas.* O aviso deslizava pela parte inferior da tela. *Não esqueça sua máscara.* Circulava como uma dessas faixas magnéticas dos aeroportos. É uma mensagem do Ministério da Saúde. Cada vida é única.

A mãe de Mauro me pediu que ligasse para o médico caso houvesse alguma emergência, que eles viriam para interná-lo em uma clínica de ponta. A melhor, disse, *de ponta*, e me pareceu que se envergonhava. Depois me entregou o dinheiro. Muitas notas. Tinha a mão suada, mas dessa suavidade exigida, que não aparenta a idade. Dez dias tinham se passado, e eu continuava sem chamar a clínica. Tinha medo de pensar no que fariam com ele se o vissem assim, nervoso e agressivo. Quem não iria ficar nervoso? O alarme não parava de tocar e o vento fazia vibrar as janelas. Não tinham me dito, mas me pagavam para manter os médicos, as injeções, os sedativos e a força bruta longe dele.

Na televisão, diziam que a contaminação tinha se estendido, mas não informavam para onde. Ajude-nos a evitar as aglomerações! Não se dirija ao Hospital das Clínicas a menos que esteja doente. O aviso seguia passando, como um disco interminável, e, no final, todo mundo acabava se esquecendo dele.

Colabore com a saúde de todos. Cada vida é única. Quanto espaço sobraria em minha zona neutra do cérebro? As algas me encurralavam, mas eu nem sequer sabia em que unidade se media esse espaço. Em meses? Em ventos? Em visitas a Max?

Desde nossa última conversa, liguei para minha mãe todos os dias, sem resposta. Talvez estivesse doente, ou arrasada pela contaminação, quieta no sofá com essa luz imperturbável que antecipava o buraco de seus olhos vazios. Ou também podia ser que estivesse fazendo de propósito, não atendendo o telefone para dar meu *merecido*. Outra palavra de que ela gostava. Todos merecíamos algo, bom ou ruim, e ao que tudo indicava, ela era a encarregada de decidir. Minha prima Cecilia merecia a vida que tinha. A professora merecia um homem bom. Os políticos mereciam o pior. (Mas o que era *o pior*? A morte? O sofrimento? Uma temporada nas Clínicas?) Eu sei o que ela queria: que eu abandonasse tudo, meu trabalho, meu sonho e até meus nervos. Que saísse correndo para buscá-la, assustada e palpitante, tendo compreendido, por fim, a importância da existência, e assim ela poderia sentir que as coisas estavam bem, outra vez, em seu devido lugar. Mas eu não iria, não. Eu não soltaria meu lado da corda. Este era o velho estica e puxa já conhecido; eu puxava, ela puxava mais, mas por um momento nossas forças se anulavam e parecia que nunca daríamos outro passo, nem em sua direção nem na minha. Um possível círculo do inferno. Pelejando com minha mãe por toda a eternidade. O estica e puxa quase sempre tinha um final: eu terminava cedendo, com os músculos esgotados e as mãos em carne viva. Então ela se abrandava e, com a segurança dos vencedores, vinha me entregar um pequeno gesto cortês, a palavra amável. A forma visível da ternura. Mas desta vez ela não ia conseguir. Eu não podia deixar Mauro sozinho; ele chuparia a cal das paredes, tragaria a penugem que se adere aos pés do sofá. Por que eu me importava? Desde quando uma sujeirinha já matou alguém? Por que eu não podia dizer a verdade sobre Max à minha mãe? Sentiria pena dele agora que estava doente? Não. Ela diria que ele teria finalmente o que merece. E eu, o que merecia? Minha mãe tratava sempre de explicitar, ou às vezes simplesmente afirmava, que eu merecia *outra coisa*. Comigo não tinha que exercer sua tarefa de juíza implacável; eu sabia administrar minhas próprias sentenças.

Ha ha ha.
Ninguém ri assim.
Hi hi hi.
Você está rindo de mim?
Sim.
Da minha cara?
Sim.
Eu não mereço.
Você conhece o santo que se apaixonou por um golfinho?
Um golfinho rosa ou um golfinho cinza?
E isso o que tem a ver?
Hi hi hi.

Era comum que amanhecêssemos sem luz. Os apagões tinham piorado muito nos últimos meses. As variações de voltagem ameaçavam queimar os aparelhos, então era melhor tirar tudo da tomada quando a luz começava a piscar, até a geladeira, que depois de um tempo já começava a formar uma poça de água fedida, enquanto a carne descongelava uma e outra vez.

— Sem luz? — perguntou Mauro, apertando em vão os botões do controle remoto.

— Sem — eu disse. — De novo.

Mauro tinha feito um desenho de dinossauros comendo pizza. Isso, ao menos, foi o que ele disse quando perguntei, porque, em si, era uma série de listras de cores que atravessavam um grande círculo amarelo. Todas as suas brincadeiras e conversas giravam em torno de comida, e esperar que pensasse em outra coisa era como pedir que ele deixasse de respirar. O estranho era sua fixação com a pizza. Talvez fosse o que comia no campo, quando os pais o levavam. Comigo ele comia quase sempre patê de carne, que vinha em copinhos parecidos com os de iogurte e me fazia pensar em comida de astronautas. Chamava-se Carnemais e era usado para acompanhar refeições, para ser untado em pães ou como recheio de qualquer coisa. Quase todas as nossas refeições tinham esse cheiro, e às vezes eu achava que a casa inteira também, assim como minha pele.

Mauro se aproximou e soltou o desenho sobre minha saia.

— É para mim? — perguntei. Ele não respondeu; só se sentou para fazer mais desenhos. Riscava com raiva, segurando mal o lápis, tropeçando com as fissuras do assoalho debaixo do papel, onde o lápis afundava e fazia buracos na folha.

O pior desses dias sem luz não era o medo de que todos os alimentos congelados estragassem, quando ainda faltava muito para que buscassem Mauro. O pior era o esgotamento que gerava estar sozinha com ele, sem televisão, sem o ruído que me atordoava e me protegia. Preparava a comida, limpava os vidros, mantinha os alimentos trancados à chave, prestava atenção para não deixar restos de comida na lixeira, tirava o lixo diariamente e o depositava sobre sacos velhos e podres na esquina da praça, ou, se estávamos com vento, simplesmente os deixava no hall do prédio e os amontoava ali, no fedor que ia se acumulando com o passar dos dias. Fazíamos exercícios dentro de casa; subíamos e descíamos as escadas. Eu tinha lhe ensinado a pular elástico, que prendíamos nas pernas das cadeiras, e a brincar de amarelinha. Eu era paga para mantê-lo em movimento, por cada caloria que Mauro gastava e cada grama de gordura que se desprendesse de seu corpo. Para tirar seu fôlego e fazê-lo ofegar enquanto subia até o oitavo andar. Para me deixar vencer e inventar campeonatos de bambolê. Eu mesma tinha perdido peso. À noite, eu estava tão esgotada que não tardava nem um minuto para dormir. Também me pagavam por isso. Para emagrecer e ceder meu corpo a Mauro. A Mauro ou à síndrome? Não só tinham comprado meu tempo, como também minha energia; tinham comprado meus músculos, meus quadríceps doloridos e meus braços que tremiam de tanto levantá-lo para brincar de voar como um helicóptero. Vivia para a síndrome, para tentar esgotar esse animal insaciável e acessar, talvez por um momento, o verdadeiro Mauro, o que estava detrás da fome. Quando a síndrome não podia mais, quando ele caía rendido, cheirando a suor rançoso e a mãos que tinham se esfregado em todo o prédio, eu tinha cumprido meu trabalho.

Mais tarde, nessa mesma manhã, ouvimos ruídos no corredor. Espreitamos pela porta, eu na frente e Mauro oculto entre minhas pernas, e vimos o pessoal do transporte sanitário ajeitando uma maca de rodinhas em frente à porta do 503. Todos com máscara alemã. Eles nos disseram algo, não entendi o quê, mas pelos sinais soube que devíamos fechar a porta. Eu a entrecerrei, mas não fechei completamente. Pela fresta, vi o vizinho do 503 sair de cueca, o rosto vermelho como se tivesse sofrido uma insolação e com manchas brancas e arroxeadas no torso. Vi que o ajudaram a se deitar na maca, e quando iam cobri-lo com uma manta, ele disse: não, por favor, levantando apenas uma mão para se resguardar. E o levaram assim, seminu e vermelho, a ponto de perder a pele. Seguimos o resto da manobra pela janela. Os do transporte sanitário tentavam enfiar a maca dentro do caminhão sem que o homem caísse. Tive que fechar bem os olhos para imaginar Max protegido por uma bolha de luz. Às vezes, realmente me convencia de que era eu, meu próprio desejo, que o mantinha vivo. O caminhão sanitário partiu, e quando Mauro me perguntou aonde o levavam, lhe disse que me deixasse em paz.

— Me deixe caladinha só um pouquinho, tá? Vá brincar no seu quarto.

Minhas gengivas sangravam e fiquei apertando-as com a língua um bom tempo, chupando o sabor metálico que escorria entre os dentes. Do quarto chegava um murmurinho de Mauro, em sua linguagem incompreensível.

Ouvi Mauro brincando por mais de uma hora, parecia tranquilo, até que um ruído como de alguém vomitando me alertou. Mauro?, chamei, e de volta só ouvi outro *ajjj ajjj*. Quando cheguei, vi-o com a boca entreaberta e os olhos lacrimejando. Mauro, o que você tem aí? Ele tentava engolir algo, mas sua garganta o rejeitava com um apito asmático, que nem sequer lhe permitia tossir. Mauro, o que você está comendo? Contra a pele pálida, levemente azul, contrastavam os lábios e o cantos dos olhos vermelhos e violentos. Mal consegui abrir-lhe a boca e meter os dedos na garganta para tirar uma bola úmida e quente de algodão. O pacote, que usei para limpar um corte em seu joelho na noite anterior, tinha ficado sobre a mesinha de cabeceira, e agora Mauro fazia força para chegar até ele. Deixe isso longe, eu lhe disse, isso não se come, enquanto ele tossia e arfava, recuperando o ar. Depois, com o pacote já fora da vista, começou a chorar e a fungar os ranhos.

— Já passou — eu disse —, já passou.

Entre babas, ouvi-o dizer que tinha fome. Para acalmá-lo, eu lhe ofereci um palito de gelo. Sentado no assoalho, deixou que a água colorida lhe escorresse pelas mãos e antebraços e gotejasse de seus cotovelos até as pernas. Não briguei com ele por isso. Estava entretido e dava umas lambidas no pedaço de gelo, analisando por qual lado derretia mais rápido, antecipando as gotas que se derramavam a uma velocidade muito maior do que o movimento de sua língua. Quando já não havia mais nada, mordeu um pouco o palito de madeira, mole e arroxeado, e depois o jogou contra a parede.

— Vá lavar as mãos.

— Não — ele respondeu, firme e ensombrecido.

Sacudiu as mãos no ar para secá-las. Imaginei que estavam frias e pegajosas.

— Venha cá, então.

Ele se sentou aos meus pés, diante da televisão, junto aos brinquedos espalhados, e começou a fazer construções com seus blocos de Lego. Agora tinha chegado à fase de montar dinossauros. Seu favorito era uma espécie de alebrije[1], com a cauda amarela e a cabeça azul. Ainda estava com a camiseta úmida e a marca vermelha de meus dedos em seu braço. Ele nem os sentira; seu limiar de dor era tão alto que uma vez chegou a cravar o garfo no braço como se fosse o braço de um estranho. Na noite anterior tinha feito esse corte no joelho, quem sabe com o quê, e nem se deu conta até que eu vi, com caminhos de sangue seco por toda a perna. Por isso eu também tinha que cuidá-lo, para protegê-lo de si mesmo.

Não acho que senti medo quando aconteceu o lance do algodão. Susto sim, mas não medo. A sensação de estar causando um dano terrível a outra pessoa, mas não a mim mesma. Um minuto mais e ele podia ter se sufocado. Eu queria, será? Sempre confundi o medo com o amor, esse terreno instável, essa zona de demolição. Mauro era minha responsabilidade, e pouco a pouco também foi se convertendo em minha obrigação.

Debaixo da camiseta, o ventre bojudo se movia a cada respiração curta e agitada.

— Respire bem — disse, e simulei o gesto de tragar muito ar e mantê-lo dentro dos pulmões. Ele me imitou, inflando as bochechas o máximo que pôde. Depois soltou o ar com força e achou engraçado.

— Babão — eu lhe disse.

Quando ria, os olhos desapareciam de sua face, e pela boca assomava a língua tingida de vermelho e seus dentes de leite.

— Sim, agora você ri, né, babão.

Levantou o giganotossauro semiconstruído e o levou à boca.

---

[1] Alebrijes são animais fantásticos do folclore mexicano cuja função é espantar maus presságios. (N.T.)

— Morder, não.

Sem pensar nem um segundo, ele o jogou para longe e o réptil do vento do Sul se desfez em retângulos coloridos. Eu me levantei, fingindo naturalidade, e fui até o canto recolher as peças.

— Por que você faz isso, Mauro? Olhe como ficou seu dinossauro, coitadinho.

Devolvi todas as peças a Mauro, que mal as recebeu e voltou a jogá-las debaixo do sofá. Ele me olhava com o canto do olho, tateando o limite de minha paciência.

— Está dormindo — ele disse.

— Não o faça dormir assim.

— Por quê?

— Porque ali embaixo mora um cachorro malvado que pode mordê-lo.

Ele se agachou com dificuldade. Era tão gordo que as articulações não se marcavam, nem nos joelhos nem nos cotovelos. Com o cabelo caído sobre os olhos, tentou examinar a cena debaixo do sofá para onde fora a maior parte das peças, mas não se animou a esticar a mão.

O que soa melhor: caos ou trampolim?
Caos.
Humano ou luta?
Humano.
Sai ou saia?
Saia.
Sombra ou sombrinha?
Sombra.
Furioso ou fugaz?

Todos nós esperávamos que com os pássaros acontecesse a mesma coisa que com os peixes, que um dia começassem a cair do céu, como frutas maduras. Todos acreditávamos que um dia, sem mais nem menos, veríamos como eles se espatifavam contra o asfalto. Mas não. Os pássaros simplesmente deixaram de ser vistos. Ninguém reparou, porque partiram de pouco em pouco, em bandadas, e quando a primeira pessoa se deu conta, o resto de nós também não lhe deu importância. Ao contrário dos peixes, os pássaros desabitaram o céu sem alarde nem mortes desnecessárias. Desalojaram o ar, e um dia se sentiu o silêncio nos parques, nas manhãs, e alguém disse na televisão: as aves migraram, e foi como se a ficha finalmente caísse. As pessoas enlouqueceram; saíam aos parques com binóculos, levavam migalhas de pão. Ninguém voltou a ver um só pássaro, uma mísera pomba. Organizou-se um painel com especialistas na tevê. O programa se intitulou *Voltarão as aves?* e bateu recordes de audiência. Convidaram um biólogo oficial, um funcionário do Estado e várias figuras públicas, os charlatães de sempre. No set de gravação, o desenho de uma gaivota enorme cobria toda a parede. Disseram: migração, observação, rotas de voo. Disseram: GPS, radiotelemetria. Falaram muito, mas o silêncio já tinha se apoderado do céu. Várias vezes, depois disso, eu achava que via uma andorinha em algum galho, ouvia um piado ou um bater de asas. Mas não. Os pássaros nos deixaram sozinhos com o vento vermelho.

Estou pensando se o cachorro que perseguia Delfa no sonho tinha algo a ver com o cachorro raivoso que enterramos vivo. Devíamos ser quinze ou vinte crianças que passávamos todo verão em San Felipe: os seis filhos de Albertito, um amigo de minha mãe de toda a vida; Ximena e Maite, as gêmeas trapezistas; todos os filhos dos mergulhadores, nos apartamentos da cooperativa; e Max, a duas casas da minha. Os bolinhos de algas eram vendidos no único restaurante, onde trabalhavam as esposas dos mergulhadores, mas se você conhecia a mãe do José Luis, também podia comprar com ela, que os passava pela janela da cozinha em um cestinho de plástico. José Luis era o mais novo dos mergulhadores e não tinha irmãos. Às vezes ele nos trazia bolinhos embrulhados em papel toalha que tinham ficado transparentes pela gordura e se desfaziam entre nossos dedos. As outras coisas que mais comíamos eram os mexilhões recém-descolados das pedras, os peixes-reis que os homens iam pescar nas falésias com faróis a gás, e filé de pescada frito. Durante o dia, tínhamos que bombear para encher o tanque de água e à noite acendíamos os faróis, as velas ou as lanternas. Cada criança era obrigada a bombear dez vezes qualquer casa que visitasse, e também juntar graveto para o fogo. Para mim, a felicidade era esse estado de bem-estar sem horizonte, sem final. Os perigos adquiriam formas mais visíveis, mas também traiçoeiras: escorpiões, carrapichos, águas-vivas, ondas gigantes.

No dia em que aconteceu o lance do cachorro, estavam Alejandro, o filho mais velho de Albertito, que tinha dois anos a mais que Max e eu, José Luis e as gêmeas trapezistas. Tínhamos ido de excursão ao Elefante, a pedra mais alta e perigosa da ponta. No caminho, um cachorro começou a latir para nós. O filho de Albertito, que sempre andava com um galho grande na mão, ameaçou o cachorro e ele recuou, mas seguiu rosnando e mostrando seus dentes afiados cravados em uma gengiva vermelha e brilhante.

— Ele deve estar vendo alguma coisa — disse Max. — Eles têm outros sentidos.

— Visão infravermelha — disse José Luis.

— Não diga bobagens — o filho de Albertito o fez calar. — É pelo olfato que eles enxergam.

— Capaz de ver um fantasma — disse uma das gêmeas, não sei se Ximena ou Maite, com lampejos de medo nos olhos.

— E se ele tiver raiva? — perguntei.

O caso é que, quando nos embrenhamos nas pedras, o cachorro não tinha ido embora. Já não latia, mas nos perseguia a um metro de distância, olhando para nós com desconfiança, como se esperasse algo, como se soubesse. Porque estávamos proibidos de subir o Elefante. Um mergulhador tinha caído de lá enquanto tentava escalar para saltar lá de cima. Foi uma aposta com os amigos, mas ele caiu de costas e morreu desnucado, preso nas pedras.

— E se ele estiver com a alma do morto dentro? — disse José Luis. Notei que ele estava pálido e começava a duvidar da excursão. — É capaz que queira nos dizer algo.

Começou assim, com esse comentário de José Luis, porque qualquer um sabe que o medo é contagioso e vai passando de um ao outro como as peças de um dominó quando caem. A única maneira de detê-lo é fazendo algo radical, um corte drástico, mas isso não sabíamos ainda, ao menos não com essas palavras.

— Está vigiando a pedra — disse Max. — O espírito não vai nos deixar subir.

Ninguém se lembrou de que o cachorro ia atraído pelo cheiro da carne crua que levávamos nos sacos de náilon para fazer um churrasquinho como verdadeiros exploradores, sem mais ferramentas que um isqueiro e um pouco de papel-jornal. Não me lembro de quem foi a ideia, talvez não queira me lembrar que fora de Max. Minha não foi, mas sei que ela me atraiu de imediato, como uma corrente elétrica que viajou direto ao centro de excitação e curiosidade. Juntamos pedras, grandes e pequenas, e as amontamos ao lado da entrada de um buraco de cova, e depois jogamos um pedaço de carne lá dentro para que o cachorro entrasse. O cachorro desceu pelo buraco sem dificuldade e, enquanto se entretinha mordiscando o pedaço de carne, nós nos apressamos para selar a entrada da cova. O buraco não era muito grande, era redondo com uma poça vazia, e quando terminamos de acomodar as pedras, saímos correndo tão rápido quanto pudemos. Não se ouviu mais nada. Estávamos com tanto medo que nos deu um ataque de riso, e quando o riso foi se apagando, ficamos mudos e envergonhados. Não subimos ao Elefante nesse dia. José Luis montou em sua bicicleta, não sei o que fizeram os outros, mas nunca mais voltamos a falar do cachorro, nem sequer Max e eu. Nunca voltamos a nos aproximar daquela cova.

Isso do cachorro aconteceu no mesmo verão do beijo, não sei se antes ou depois. Estávamos na varanda de minha casa, Max e eu, na hora do cochilo depois do almoço, e estávamos proibidos de descer sozinhos para a praia. Ele nunca me falava de coisas tristes e isso me intrigava, porque a tristeza estava nele como o ar estava no ar; por isso, pensava eu, ele nem sequer se preocupava em senti-la, da mesma forma que o ar não precisava respirar a si mesmo.

— Você nunca chora? — perguntei.
— Não sai.
— Como não sai?
— Às vezes eu me obrigo, me belisco bem forte até que saem as lágrimas.

— Você é a pessoa mais estranha que eu conheço.
— Quando minha avó morreu, também não consegui chorar.
— E por que você não se beliscou?

Ele encolheu os ombros. Olhava ao longe, para o caminho de descida à praia onde os carros estacionavam para ir pescar. As cigarras estavam cantando. O sol fazia brilhar todas as coisas com um halo de miragem, e os lampejos no vidro dos carros deixavam manchas verdes nos olhos. Levantei o braço e o estiquei diante de Max.

— Me mostre como faz — eu lhe disse. — Me belisque.
— Não quero te beliscar.
— Mas eu estou pedindo. Quero chorar por essa planta, olhe, ela está morrendo de sede.

Ele olhou para o canteiro seco que separava minha casa do caminho de cascalho. Havia uma hortênsia murchinha, com as folhas enrugadas para dentro e as flores já sem vida, algumas poucas de um azul claro e pálido, e a maioria já amarelada, queimada pelo sol.

— Você pode chorar sozinha. De toda forma, sei que você nem se importa com essa planta.
— Me belisque, estou dizendo. Se você é meu amigo, me belisque. É ou não é meu amigo?

Estiquei bem o braço e, desta vez, ele o agarrou.

— Sou — ele respondeu.

E, antes de me beliscar, advertiu que não ia soltar até que eu chorasse, e que fazia aquilo porque éramos amigos. É um pacto, eu disse. Eu tinha a pele queimada e seca de tanto sal e nos joelhos era possível ver duas cicatrizes brancas de uma antiga queda de bicicleta. Pronta?, perguntou. Max me cravou as unhas e eu soltei um *Ai* instantâneo e quis, por puro reflexo, puxar a mão de volta, mas ele não deixou. Max a manteve firme e seguiu apertando e me olhando fixo. Minha cara tinha ficado vermelha, eu podia sentir o calor saindo pelas bochechas enquanto ouvia o canto das cigarras, mas aguentei as lágrimas, disposta a resistir até o final. Era como brincar, mas de verdade, e Delfa tinha me ensinado que o segredo era pensar em outra coisa. Podia pensar, por exemplo, em um beija-flor. Max analisou a umidade de meus olhos, até que o vi ceder e baixar a vista.

— Chega — ele disse, e me soltou.

A marca que ficou de suas unhas em minha pele pulsava com força.

— Você me soltou antes que eu chorasse — disse eu.

Então ele se inclinou para frente e me deu um beijo, os lábios firmes e fechados. Nada mais. Não voltamos a nos tocar durante cinco anos. Eu nunca tinha beijado ninguém antes e também não pude dizer nada, porque um segundo depois Max estava gargalhando.

— Sua cara! — ele disse. — Você tinha que ter visto.

— Que cara? O que tem minha cara?

Max não podia falar; a risada o fazia engasgar, e ele segurava o estômago com os braços. Caía para trás, de costas sobre o piso quente da varanda.

— Sua cara... sua cara... — era a única coisa que conseguia dizer.

— Idiota! — eu lhe disse, já contagiada pela risada. — Olhe só para você! Está chorando de tanto rir.

Essa cara, a que ele disse ter visto enquanto me cravava as unhas, foi a cara que lhe apareceu em suas alucinações na primeira noite que tomou a planta medicinal. Mais de vinte e cinco anos tinham se passado entre aquele começo, envolto pelo som das cigarras, e o final que já intuíamos próximo. O xamã, Max me disse, soprou dentro da mão e, em seguida, ele viu uma serpente que ia perdendo a pele. A pele se derretia sobre o lombo, assim como o papel que vai se enrugando quando é queimado, e fica liso e escuro. Max passou dois dias em uma barraca onde umas pedras esquentavam o ar e era necessário deitar com a barriga no chão, com o nariz grudado na terra, para não se asfixiar. Respirávamos terra, ele disse, e na terra havia oxigênio. Não sei se o efeito da planta ainda estava ativo quando ele voltou para casa. Mas ele parecia outro. Tranquilo e ao mesmo tempo eufórico, mas com uma euforia contida. Contou-me que, naquela visão, a serpente abriu a boca e ele pôde ver algo despontando por ali.

— Um feto saía da boca dela — ele me disse —, e eu sabia que o nascimento a estava matando.

O que saiu da serpente foi uma mulher que tinha meu rosto, *aquele* rosto da infância que ele tinha visto, mas que ao mesmo tempo era um monstro.

— Você é a embalagem — ele disse —, mas lá dentro há outra coisa. Lá dentro há esse rosto. Uma menina fantasiada de monstro.

— Ou um monstro fantasiado de menina?

— Isso importa? — Max me perguntou.

— Para mim, claro que importa.

— O monstro e a menina eram a mesma coisa.

No final, o castelo de areia desmorona.
Sim.
Você sabe, *sempre* soube. Então para que o construía?
Me diga você.
Não era para que durasse, nem para protegê-lo da onda.
Já sei aonde você quer chegar.
A viagem, se não estiver cheia de paradoxos, não é uma viagem.

Os dias seguiram passando, entre um apagão e outro, sem que eu tivesse notícias de minha mãe. Para mim, não é fácil descrever esse tempo de confinamento, porque se algo caracterizava o confinamento era justamente essa sensação de não tempo. Existíamos em uma espera que também não era a espera de nada concreto. Esperávamos. Mas o que realmente esperávamos era que não acontecesse nada, pois qualquer mudança podia significar algo pior. Enquanto tudo estivesse quieto, eu podia me manter no não tempo da memória. Mauro tinha me visto ligar para a minha mãe tantas vezes que já lhe parecia um jogo, e ele até se acostumou a levantar o gancho do telefone e sustentá-lo em conversas no seu idioma inventado. Às vezes, eu teclava o número de minha mãe e deixava que ele ficasse ali, com o gancho na orelha, ouvindo os timbres que retumbavam do outro lado. Depois de um tempo, ele se cansava e me passava o aparelho:

— Alô não — dizia.

Os apagões pioravam o confinamento, esse tempo que patinava sobre si mesmo, esse tempo poroso. Digo poroso porque os pensamentos grudavam nele, como as fitas cassetes que Max e eu ouvíamos de trás para a frente trancados em meu quarto. Porque ouvir uma fita de trás para a frente era das coisas que os adultos nos proibiam sem dar nenhuma explicação. Queríamos descobrir a mensagem oculta. Atluco megasnem a rirbocsed somaíreuq. Depois, a fita se enrolava nos cabeçotes e terminávamos tendo de abrir o aparelho, buscando o mistério também em suas entranhas, na parte física das coisas.

Era quarta ou quinta. Era sexta ou sábado. Dava na mesma; os dias, a hora, se era inverno ou primavera. O que importava era a espessura da névoa ou os fios vermelhos das nuvens; o que importava era o silêncio ou a sirene do alarme que anunciava o vento. Tinha aprendido a ler as nuvens, a temer a claridade do dia. Já iam duas semanas sem saber nada sobre minha mãe. Eu me deitava no sofá para folhear um de seus livros, mas não conseguia passar das primeiras páginas. Buscava anotações nas margens, alguma coisa que pudesse me dar uma pista dela, as coisas que lhe interessavam ou que a feriam. Quem era ela quando não estava comigo? Em que consistiam suas outras versões, a vizinha, a amiga, a amante?

Mais ou menos por essa época em que Delfa apareceu com a peruca, minha mãe começou a sair com uns caras. Nunca me apresentou a nenhum deles de modo oficial, mas eu lhes abria a porta quando eles passavam para buscá-la, ou corria de casa até o carro para levar à minha mãe qualquer coisa que ela pudesse ter esquecido. Eles me cumprimentavam sem exagerar a cortesia. Os homens que ela gostava eram bastante parecidos entre si, e, durante um tempo, cheguei a acreditar que eram o mesmo: cinza, calado e tosco. Minha mãe associava a virilidade com a falta de palavras ou, ao menos, com a falta de eloquência, enquanto ela era uma imagem sonora e estridente que nos esgotava. Uma vez a escutei dizendo que queria se dar uma oportunidade.

Delfa começou a ficar algumas noites comigo, as noites que minha mãe saía. Comíamos vendo televisão, filmes dublados ou o programa *Atreva-se a sonhar*. Sob a luz azul da televisão, eu apoiava a cabeça na saia de Delfa, e ela me penteava com os dedos. Devia resistir ao encanto, o efeito adormecedor de seus dedos desembaraçando meu cabelo, pois queria ficar acordada com ela, não dormir e abrir os olhos quando ela já tivesse ido embora. Com que você se atreveria a sonhar?, Delfa me perguntou. Nesse momento, meus pensamentos já giravam em torno de Max, mas eu não disse nada a Delfa. Disse que ela e eu poderíamos viver em uma casa alta sobre uma árvore e sem que ela precisasse trabalhar. Delfa riu. E disse: Isso seria lindo. Sem minha mãe, eu disse, para que ela não me obrigasse mais a fazer o dever de casa. Eu também te obrigo a fazer os deveres, disse ela. Sim, mas por um tempo menor. Delfa me mandava para o quarto quando aparecia a mensagem das crianças, um rato de pijama que nos desejava boa noite. A essa hora, eu não tinha sono e dava voltas debaixo dos lençóis, com o reflexo tênue da luz que chegava da sala, onde Delfa continuava vendo programas, mas no mudo. Quando ela passava pelo meu quarto, eu sempre fingia estar dormindo, mas ainda com os olhos fechados podia notar sua sombra no umbral da porta. Em algum ponto da noite, eu conseguia ouvir o tilintar das chaves de minha mãe, e na manhã seguinte encontrava folhetos de teatro na mesa da sala, um guardanapo com o nome de algum restaurante, a lembrancinha de alguma festa, papéis de bombons brasileiros.

Com os anos, minha mãe deixou de sair à noite. Nessa fase, eu já era adolescente e não me importava mais se ela chegava tarde ou não. Ela não tinha encontrado o que buscava, eu a ouvi dizer a uma de suas amigas por telefone, mas nunca entendi se tinha procurado nos lugares errados, em cantos inacessíveis, ou se o que buscava simplesmente não existia. Nunca mais soube de nenhuma história dela com alguém, e, com o tempo, o discurso foi mudando. O desejo de sua vida inteira já não estava nessa atenção que uma série de desconhecidos lhe tinha dado desde que tinha consciência, e sim em mim, em seu papel de mãe. De repente, eu me tornei o centro de sua vida, e nunca soube como nem por quê. Só sei que, sem dúvida, essa decisão não tinha nada a ver comigo. Não acho que minha mãe tenha sofrido nem uma só vez por amor. O que ela gostava era de se sentir admirada, dos pequenos gestos, das frivolidades do prazer, mas tampouco necessitava deles, e esse foi seu maior descobrimento.

Mauro se aproximou para me perguntar se era seu aniversário. Desde que o tínhamos celebrado, com o chapeuzinho de papel, ele vivia perguntando sobre isso.

— Não — eu lhe disse —, mas você pode colocar o chapeuzinho.

Ele o tirou de cima da televisão e o colocou. Tinha o elástico já alargado, mas ainda assim ele conseguia segurá-lo, com o elástico solto debaixo da papada.

— É meu aniversário?

— Já disse que não.

Eu me pergunto por que não mentia para ele. Não dava na mesma se era segunda ou terça, se eram as três ou as seis? Podíamos celebrá-lo todos os dias, cantar os parabéns pra você, inventar um tempo novo. Mas, ao contrário, eu cismava com a *verdade*.

— Luz não — disse Mauro.

— Já vai voltar.

— Agora?

— Mais tarde. Mas antes que seja noite.

Contei a ele que íamos brincar de encontrar o sol, outra de suas brincadeiras favoritas.

— Me diga, Mauro, onde está o sol?

Ele se aproximou da janela, apoiou suas mãos grudentas no vidro e analisou o céu. Buscava uma zona clara, uma mancha de mercúrio fundido. Às vezes não era fácil; a bola branca se ocultava detrás das árvores na praça, ou a névoa era tão espessa que o sol não conseguia penetrá-la com seu único olho.

Outras vezes, simplesmente não conseguia, ou o confundia com a luz de uma das torres do porto, muito menor e mais brilhante, ou apontava para algo tênue que se mexia no horizonte, uma luz lenta, talvez um helicóptero do exército no segundo ou terceiro anel. Então, ficava de frente para a janela e embaçava o vidro com seu hálito para desenhar com o dedo.

— Ali o sol — Mauro me disse, apontando para um buraco esbranquiçado no céu. Parecia que as nuvens podiam escapar por ali.

— Muito bom — disse a ele e aplaudi a façanha. — Você o encontrou.

Ele também aplaudiu. Depois apontou para as árvores no parque:

— Pássaro.

Por um momento, também eu fiquei em alerta. Olhei para as copas perenes dos pinheiros e os galhos seminus das outras árvores, dentre as quais assomava o monumento com a estátua equestre, aquele cavalo escuro que, em outras épocas, esteve coberto de excrementos de pombas.

— Aqui não vivem mais os pássaros, Mauro.

— Onde estão?

— Lá onde mora sua mãe. Você não vê os pássaros quando vai para lá?

— Não — disse e baixou a cabeça, como se acabasse de dizer a coisa mais triste do mundo —, estão dormindo.

Nesse momento, ouvimos um cintilar elétrico e o abajur ao lado da televisão se acendeu.

— Luz! — disse Mauro e começou a pular. Deu duas voltas correndo ao redor da televisão, sempre a ponto de patinar com o tapete e de derrubar o abajur. — Luz, luz, luz!

O cabelo lhe caía sobre os olhos e o deixava correndo às cegas. Parecia um mamute peludo.

— Venha cá — eu lhe disse, meio rindo —, precisamos fazer alguma coisa com esse cabelo.

Estarei cortando o cabelo de Mauro quando o telefone tocar. Ele terá uma toalha ao redor do pescoço, as mechas úmidas e esticadas, a metade direita mais curta que a metade esquerda, onde o pelo cai liso e escurecido sobre o ombro.
— Fique quietinho que está tocando — direi.
— Filha.
A urgência com que minha mãe pronuncia essa palavra será o bastante para eu saber que nada de bom está se passando.
— Internaram Valdivia. O armazém está lacrado com fita amarela.
Dirá isso e começará a chorar.
— Mãe, faz duas semanas que eu ligo para você todos os dias. Onde você estava? Por que não atendia?
Mauro sentirá a tensão com que retiro a mão de seu ombro e levantará a cabeça para me olhar. Farei um gesto com os olhos dizendo que está tudo bem.
— Internaram Valdivia! — dirá ela outra vez entre lágrimas.
— Se tranquilize um pouco, é possível?
— Você não enxerga o que está acontecendo?
— Mãe, vamos procurar outro armazém.
— Não é isso.
— Vocês têm luz? Aqui não faz nem uma hora que voltou e já está piscando outra vez.
— Luz? O que menos importa neste momento é a luz. Vida desgraçada.
Por um tempo, só a ouvirei chorar; pensarei que os caminhões da patrulha estarão recolhendo corpos, os mesmos corpos que uma semana antes devem ter sido salvos do suicídio. Não é pelo armazém que minha mãe chora, mas porque se

sentia segura em seu poço de névoa e agora a doença também fará um buraco em seu pequeno mundo de ilusão.

— E a professora, o que disse?

— Quer ir embora. O agrônomo lhe propôs que partisse para o interior com ele.

— Com piano e tudo?

— Filha, os do interior é que estão orquestrando esta história. Quiseram tirar Valdivia daqui. São mafiosos, me entende? Traficam comida. Os do interior o tiraram da jogada.

Mauro escorregará do banco, tirará a toalha do pescoço e brincará com ela como se fosse a capa de um toureiro. Olé, dirá entre uma volta e outra. Depois de várias voltas, ficará tonto e se chocará contra a parede.

— Devagar, Mauro.

— Querem controlar o negócio.

— De onde você tirou isso?

— O agrônomo. Ele tem contatos, ele sabe.

Quando eu voltar a olhar, Mauro estará na cozinha, sentado no chão, remexendo no lixo. Estará comendo o miolo da alface, mas eu não terei energia para brigar, para tirar-lhe a comida da boca. Vou pensar: é só alface.

— Vamos procurar outro armazém até que Valdivia volte.

— Onde?

— Daqui a uns dias te levo umas coisas. Não pense mais nisso.

— Não, não saia. Não vê como está o clima? Quando vai terminar isso?

O vento vermelho que o fenômeno El Príncipe tinha trazido era tão potente que já começava a chegar às primeiras cidades do interior. O pânico começou a provocar motins e evacuações. No noticiário, os drones mostravam caravanas de carros tentando sair pela estrada norte.

— Calma…

Pensarei rápido; vou sentir meu cérebro estremecer, analisando possibilidades. Uma parte de mim quererá repreendê-la, dizer que já tinha imaginado que ela estava morta, mas meu eu mais sensato e resignado vai impedir. Dialogar com minha mãe era como se aproximar de um animal selvagem. Ela se sentiria encurralada e voltaria a atacar.

— Quando vierem pegar Mauro outra vez, vou e passo uns dias aí com você — direi. — Não falta muito para que venham.

Ela não vai me escutar. Terá entrado nesse estado de pânico em que só o monólogo parece um mecanismo viável de defesa.

— O que vai acontecer com Valdivia? Filha, o que vai acontecer com a gente?

À noite, fiquei com Mauro assistindo tevê até tarde. Estavam repetindo o noticiário do meio-dia: imagens de multidões alvoroçadas, com máscaras e até escafandros. Pela primeira vez, o vento se insinuava em uma cidade do país profundo.

— Vendemos tudo para vir para cá — chorava uma mulher em frente à câmera. — E agora isso.

— Vão nos empurrar mais para o Norte até que tenhamos que deixar o país — disse outro.

As pessoas faziam fila nos supermercados e nos postos de gasolina. Estava faltando água engarrafada, pastilhas purificadoras, as gôndolas dos supermercados estavam desabastecidas, exceto pelas embalagens de Carnemais empilhadas nas gigantescas geladeiras. Agora eles veriam o que sentimos. O cheiro eternamente impregnado no nariz, a textura arenosa erodindo a língua. Carnemais era o carro-chefe da nova processadora, e os do interior o evitavam sempre que era possível. O alimento sonhado: vinte gramas de proteína por porção, em um minúsculo copinho de plástico. A nova fábrica se abria como uma grande boca para cuspir essa gosma rosa, os copinhos escorregavam pela língua transportadora e caíam, lindos e bem desenhados, sobre nosso colo. Todos odiávamos a nova fábrica, mas dependíamos dela, e, por isso, lhe devíamos toda gratidão. Uma boa mãe, provedora. E aí estávamos nós, engasgados de raiva, como um bando de adolescentes que odeiam seus pais, mas lhes devem a vida. Eu te trouxe ao mundo, dizia minha mãe, eu te dei a vida, e imediatamente eu me via com uma dívida descomunal nas mãos, um saco invisível de moedas que deveria carregar para todo o sempre. Assim nascemos: um coágulo de carne, puxando um pouco de oxigênio; uma bola de gosma rosa que, uma vez expulsa, já não tem remédio senão se aglutinar a esse outro corpo, o da mãe, morder com força a teta da vida. Mas não. Sou injusta. Nem todos os filhos odeiam a mão que os protege e lhes abre feridas na pele. Há os que não. Conheci muitos. E assim suponho que também há aqueles que adorem a processadora nacional, que sintam orgulho e até os que a perdoam por tudo.

Ninguém podia saber se El Príncipe era um fenômeno passageiro. Uma bancada de especialistas discutia no set de gravação. Entre eles, um escritor famoso, um opinólogo que tinha alcançado a fama com um folhetim de aventuras; uma bióloga marinha; a diretora do sindicato dos trabalhadores da saúde; e um barbudo com óculos de armação grossa que eu conhecia da Agência: um tipo gago que tinha entrado na época em que eu estava saindo e agora se sentava esparramado como um magnata na poltroninha do estúdio. O problema é a soberba das autoridades, disse alguém. Não fizeram a faxina quando tinha de ter sido feita, disse outro. Mauro tinha adormecido em meus braços e seu peso sobre minha perna intensificava o formigamento. Por momentos, seu corpo estremecia como um terremoto. Será que também sentiria fome enquanto dormia?

— Desde quando sou eu que tenho de resgatar qualquer louco que ande solto?

O barbudo gesticulava com uma mão no ar, enquanto com a outra mexia no cabo do microfone. A bióloga o observava com horror.

— Nem todos ficaram por vontade própria.

O corpo de Mauro voltou a estremecer. *Shhhhh*, disse. Baixei o volume da tevê e fiquei olhando para a imagem muda e gesticuladora do barbudo. Pela convicção com que falava, certamente ele tinha feito faculdade para ser repórter. Talvez tivesse começado como eu, redigindo artigos superficiais que só serviam para distrair os leitores do que estava acontecendo. Quando saí, fazia pouco tempo que a agência tinha ganhado o contrato do novo Ministério. Redigíamos conteúdos para o boletim *Bem-Estar*, notícias esperançosas sobre os avanços da drenagem do rio e da remodelação das Clínicas, recomendações do protocolo de segurança, histórias de sucesso dos migrantes do interior. O tipo podia ser um charlatão, mas ao menos tinha convicção. Eu, ao contrário, como disse à minha chefe no dia em que apresentei minha demissão, já nem acreditava mais no ofício. Por isso, ela não insistiu. Havia dezenas de barbudos esperando para ocupar meu lugar, cada um com seu kit de ferramentas polidoras da realidade. Você não acredita que o mundo mereça ser contado, ela me disse em seu escritório. Eu a conhecia desde os tempos da faculdade e, de algum modo, lhe devia um agradecimento. Talvez não, eu lhe disse, ou talvez não haja mais para quem contá-lo.

Escapei do sofá, cobri Mauro com um cobertor e o deixei dormindo ali. Não queria que ele acordasse, e seria impossível carregá-lo até a cama. Da porta de meu quarto, voltei a observá-lo. Parecia banhado pela luz de alguma lâmpada infravermelha, tão intensa era a reverberação do céu nessa noite.

Uma nuvem é uma nuvem, não importa
a que distância esteja do chão.

Quando abri os olhos, pela manhã, a cabeça de Mauro estava inclinada sobre mim. A noite não havia dado conta de aplacar o cansaço e pude senti-lo quando fiz meu primeiro movimento: como um centro de gravidade que me fundia na cama. Tinha a impressão de que podia me quebrar em tantos pedaços que seria impossível me reconstruir, que minhas gengivas sangrentas deixariam de sustentar os dentes. Lembro-me daqueles chocolates que as pessoas traziam de Bariloche, as ramas de chocolate. Eram quebradiças, cheias de ar, e se desfaziam nas mãos. Ainda faltavam sete dias para que viessem buscá-lo, e, nessa reta final, eu sempre me levantava com uma sensação de asfixia. Fazia minhas tarefas mecanicamente, como uma trabalhadora em uma fábrica de frangos; vestia e tirava a roupa dele, cortava suas unhas, passava a esponja pelas dobras de sua anatomia adiposa. Às vezes me imaginava tomando um ônibus noturno, uma limusine que me permitiria fechar os olhos e acordar somente em outra terra. Às vezes me imaginava cavando um túnel comprido e profundo que me tiraria do país. Mas todas as rotas de escape me levavam a Max; como esses retornos enormes das estradas que te fazem voltar ao mesmo lugar de onde saiu. Pensava em minhas economias dentro do cofre. Um dia desses, eles voltariam da fazenda e encontrariam a casa vazia, sem mim e sem meu bolo de dinheiro. A mãe de Mauro o depositaria como um tubérculo em frente à porta, um brotinho incapaz de se transformar em flor. Mas eu estaria longe, do outro lado do país, do outro lado da noite.

— Já é dia? — disse Mauro, de pé ao lado da cama. Uma marca profunda de travesseiro lhe cruzava a bochecha.

Era de dia, mas a claridade ainda não cedia, como nessas tardes que, de repente, parecem noites, ensombrecidas por nuvens ameaçadoras. Olhei para a janela, ainda chapada de sono. Por fim, havia amanhecido com névoa. Isso significa que, ao menos, os ventos estavam tranquilos. Uma trégua, por curta que fosse.

— Que horas são? — perguntei.

— É dia.

Liguei a lanterna que mantenho ao lado da cama. Minha vontade era que uma carreta ou um trator me empurrasse para levantar. Sete dias podem ser uma eternidade, mas não como dizem por aí: a vida de sete libélulas. Uma vez tive que escrever sobre isso, os dez animais com menos esperança de vida. Dos primeiros artigos de recheio que me encomendaram na agência. As borboletas podem viver entre uma e seis semanas; as abelhas apenas quatro, um pouco mais do que as moscas, e só um inseto de corpo transparente e olhos gordos como lentilhas vivia menos de um dia: as libélulas, que apesar do nome libertino, ilimitado, estavam condenadas a tão pouco tempo de pulso. Uma semana não era nenhuma eternidade, mas seria como se te obrigassem a caminhar sete dias com os pés chagados sem poder parar, as bolhas soltando seu líquido morno, os sapatos apertando sempre no mesmo lugar.

Fui até a janela e Mauro se solidarizou na ponta dos pés ao meu lado. Nós dois olhamos para aquela paisagem monótona e cinza: cúpulas, antenas de televisão, caixas d'água, velhos varais sem roupa, as gruas inúteis do porto. Olhei para as gruas, iluminadas por faróis também inúteis, e me lembrei de ter lido em algum lugar sobre um homem que sonhou com um jardim de girafas.

— Vai chover — eu disse.

E disse assim, com toda a naturalidade, mesmo que soubesse que era impossível, que, seja lá o que for que derrubasse essas nuvens, não seria água acumulada do céu. Fazia muito tempo que não chovia; aposto até que Mauro não se lembraria de quando foi a última vez. Eu também não me lembrava, na verdade. Foi uma chuva sem nada memorável. Não partiu ou virou guarda-chuvas, não fez nenhum rio transbordar ou foi suficiente para formar goteiras. Assim é com tudo. Só lembro que aconteceu um pouco antes do aparecimento dos peixes.

A última vez que vi Max fora do hospital também soube que seria a última. Saí cedinho pela manhã para viajar até Villa del Rosario. Havia amanhecido com névoa e com um frio aterrorizador dos dias sem vento. A nova casa de Max, sua casa de solteiro, era uma construção sempre em processo, com esse ar de inacabado tão caprichoso como só uma arquitetura aficionada podia ser. Ele quis porque quis morar na praia, o lugar mais perigoso do país, pois lá tinha conseguido essa casa, entre seus amigos das plantas medicinais. Ao descer do ônibus, fui pela rua de trás, onde ficava um bosquezinho, uma espécie de terreno baldio. Caminhei pelo mato úmido e silencioso. Dali podia ver a casa, a churrasqueira e o quintal, com os varais e os pregadores de roupa coloridos. Não tive de esperar muito até que ele saísse. Apesar do frio, Max não suportava o confinamento. Observei como ele ia e vinha carregando troncos. Cada vez que respirava, uma nuvem de vapor saía de seu corpo quente. Ele estava vestindo um casaco azul de gola em V que vestia todos os dias, mesmo que já estivesse comido pelas traças e com algumas queimaduras de cigarro. Tinha a garganta descoberta, as mãos secas apertando a cortiça suculenta dos troncos. Esse desdém pela dor, ele tinha tido toda a sua vida, muito antes de começar os primeiros exercícios para controlar o próprio corpo. Era como se não vivesse no mesmo plano que os demais, eu lhe dizia, e só a parte visível do iceberg era o que constituía sua pessoa. Ele podia caminhar sobre espinhos, suportar sem coçar qualquer picada de mosquito e ficar parado sob o sol mesmo se seus ombros já estivessem mais que torrados. Depois, as costas se despelavam completamente e eu arrancava as camadas de pele transparente que deixavam à mostra a outra, mais nova e ainda mais vermelha. Eu lhe dizia: você se dá conta de que esta pele nunca tocou o ar? O que minha própria pele tocava pela primeira vez eram os dedos.

Max deixou a lenha dentro e voltou a se sentar em um dos bancos ao lado da churrasqueira. Fumava, lânguido como um adolescente envelhecido. Se realmente tinha poderes, devia saber que eu o espiava lá do bosque; devia estar atuando para mim. De todo modo, ele sempre tinha atuado para as mulheres. Durante uma época, inclusive, tinha querido ser ator. Chegou a fazer audições e participou de um filme nacional no qual aparecia sentado dentro de um carro em uma noite chuvosa. Depois abandonou, como abandonava tudo o que empreendia. Tinha uma maneira desdenhosa de se referir a essas velhas paixões. Uma vez o encontrei vendo um filme. Era de dia, mas ele tinha baixado as persianas do quarto e a tevê brilhava envolta em uma nuvem de fumaça. Ele olhava a si mesmo, com um meio sorriso inclinado.

— Olhe — disse, sem levantar os olhos de sua imagem. — Antes eu queria ser todo mundo, agora não preciso ser ninguém.

Max terminou seu cigarro e o amassou na mesinha do fundo. Jogou a guimba dentro da churrasqueira e ficou ali com o olhar perdido, enquanto a névoa se condensava em algumas gotas que o solo absorvia sem ruído. Soltei os coquinhos de eucalipto que tinha juntado em uma mão e os deixei cair sobre as folhas úmidas. A luva cheirava a menta. Como é o paradoxo de que para se render primeiro é preciso soltar, mas não é ao soltar que a pessoa se rende? Max pôde soltar até a compaixão por si mesmo; eu me sentia uma espécie de polvo pré-histórico, grudada a tudo o que alguma vez já tive. Por que era mais difícil soltar Max do que esses coquinhos de eucalipto? Nos bosques da Suíça existia um carrapato que causava uma encefalite fulminante. A expectativa de vida dos inuítes era quinze anos menor do que a do resto dos habitantes do Canadá. A luz e o oxigênio enferrujavam a carne e, por essa razão, era necessário curá-la com nitrito de sódio. Tudo isso eu sabia por causa de meu trabalho na agência, onde dia após dia minha cabeça se preenchia de dados inúteis.

De repente, bateu-me o desânimo. Não sei o que havia esperado que acontecesse, que magia misteriosa, mas já não sabia por que motivo eu tinha ido até a casa de Max, nem o que estava fazendo escondida atrás de uma árvore. Foi nesse momento que tomei a decisão de me demitir da agência e aceitar a oferta dos pais de Mauro. A princípio, pediram-me que me mudasse para o interior com eles, que me arrumariam uma casinha em Onze de Outubro, um povoado a trinta quilômetros da fazenda, mas eu me neguei, não queria perder o que me retinha na cidade. Esta é minha casa, disse, aqui tenho espaço para os dois. Em pouquíssimos dias, trouxeram Mauro. A mãe me entregou, junto com ele, várias caixas de comida que lotaram o armário. Eles mantinham suas malas prontas e guardadas na quatro por quatro que os esperava na garagem. Foi antes ou depois da última chuva? O edifício ainda conservava mais da metade dos inquilinos; o elevador ainda subia e descia com seu respirar de hipopótamo. Os que partiam, aos olhos de quem ficava, tinham sucumbido ao pânico da televisão. Lembro-me de que me senti aliviada quando se despediram e fiquei sozinha com Mauro, como se Mauro fosse um portal para um mundo melhor. O tempo todo eu repetia a mesma coisa: que nada me atava a ele e que, em pouco tempo, nada me ataria também a Max; que, em poucos meses, guardaria o dinheiro suficiente para ir viver no Brasil.

Deixei que Mauro tomasse o café da manhã na sala, na frente da tevê. Pela primeira vez em semanas, a meteorologia anunciava baixo risco de vento. Da cozinha, podia ouvir Mauro conversando com o aparelho. O que significa, o que significa, chegavam-me vozes dispersas da televisão. A medição das partículas do ar. Quem disse? Eu digo. E quem é o senhor? Gargalhadas a todo volume, não reais, mas gravadas, um estúdio inteiro rindo. Não era um programa sério, mas qualquer coisa me parecia melhor que o silêncio da névoa. Procurei por sacos de náilon e fui enchendo de arroz, lentilhas, grão-de-bico, os grãos com que o agrônomo queria salvar o país. Da estante de cima, desci umas caixas de leite e vários pacotes de macarrão gravatinha. Fazia tanto tempo que estavam ali que a embalagem havia acumulado pó. Limpei os plásticos e enfiei tudo em um só saco de lixo. Um pacote de bolachas, um vidro de geleia, uma caixa de hambúrguer congelado, duas latas de milho. Não incluí os potinhos de Carnemais, porque minha mãe sentia completo nojo por eles. Uma vez até brigou com Valdivia por causa disso. Ele não suportava que criticassem os produtos; achava que cumpria uma missão importante no bairro, angustiava-se quando o vento atrasava os fornecedores e dizia coisas como: não posso matar o povo de fome. É indigno, dizia minha mãe, isso é comida vomitada. Mas até a comida vomitada podia servir de alimento.

Ainda que não fosse muito desde o último armazenamento, seria o suficiente para a última semana, e ainda sobravam as provisões de emergência. Na volta, poderia pedir ao taxista que me levasse até algum outro armazém do bairro. Os taxistas conheciam a nova cidade melhor do que ninguém, melhor do que os próprios patrulheiros; conheciam as lojas ilegais que abriam e fechavam como fungos e onde uma caixa de hambúrguer podia custar até mil pesos; conheciam os cambistas e falsificadores de certificados de saúde, que te ajudavam a atravessar a fronteira, as bocas de fumo e o mercado negro, onde se vendia gasolina, pneus, filtros de ar, pastilhas purificadoras de água. Abri a geladeira, me servi um copo de leite e tomei-o de um só gole. A comida fresca estava para acabar. Era preciso esperar que o motorista nos trouxesse uma nova caixa de verduras e frutas murchas, com marcas de minhocas, de cores apagadinhas e estranhas deformações, mas sem riscos de doença.

Mauro continuava absorto em frente à televisão. Passei por trás dele e lhe toquei a cabeça. Não!, disse em seguida e moveu a cabeça para o lado. Depois me perguntou se era seu aniversário. Eu vou te avisar quando chegar, respondi. Teclei o número oficial do táxi. A linha estava ocupada e demorei vários minutos dando redial até que a chamada foi completada. A voz automática, melosa e excessivamente amável, disse o mesmo de sempre: para transporte sanitário, digite 1. Se você está em uma zona costeira, mas não necessita de transporte sanitário, digite 2. Para serviços no interior do país, digite 3. Digitei o 2, mas voltei a cair em uma gravação e a musiquinha do sindicato: para transporte sanitário, digite 1. Dei algumas voltas na rede circular de opções, que não me levava a lugar algum, até que decidi digitar 1. A operadora atendeu em seguida, e mesmo que já soubesse meu endereço e telefone, voltou a me perguntar. Depois de verificar os dados, pediu o nome e a cédula da pessoa doente.

— Não há ninguém doente — eu disse. — Só preciso de um táxi.

— Esta opção é só para transporte sanitário.

Antes que ela desligasse, tentei explicar que era impossível entrar na opção 2. A operadora, com uma voz que não se parecia em nada com o tom aveludado da gravação automática, me disse que qualquer outro serviço estava suspenso pela tempestade.

— Unicamente o transporte sanitário — insistiu.

— Quer dizer que não há táxis?

Como um papagaio, voltou a dizer:

— Unicamente o transporte sanitário.

— Isso é em razão do El Príncipe? — perguntei. — Mas se acabaram agora mesmo de anunciar o alerta baixo.

— É por segurança, senhora.

— Você está me dizendo que não há um só táxi em toda a cidade?

— Para a proteção dos trabalhadores.

— Posso pagar a tarifa de insalubridade — disse.

A telefonista fez um silêncio que se encheu de estática.

— Os táxis autorizados não estão trabalhando, senhora.

Era sua maneira de me dizer que eu podia tomar um táxi particular, carros ilegais que te levavam por um preço combinado na hora. Sendo mulher e com dinheiro no bolso, entrar em um desses táxis particulares se parecia muito com um suicídio. Mas não tive tempo de dizer mais nada, a telefonista já tinha acionado a gravação automática do sindicato: *Reserve sua viagem, cuide de sua vida.*

Aproximei-me da janela e procurei o sol, como tantas vezes fizera Mauro, mas não dava para ver nem as árvores da praça. Era como uma sobreposição de vidros embaçados; se alguma mancha de cor conseguia atravessar algum deles, ficaria presa no vidro seguinte. Eu teria de confiar na névoa, não pensar em todos os perigos aos que me expunha, mas me camuflar na névoa, afundar-me em seu abraço protetor. Fui até a cozinha e me assegurei de que o cadeado da geladeira estivesse preso e o lixo, trancado. Tirei o saco da lixeira. Mauro ouviu meus movimentos e veio xeretar, ainda de pijama, descalço, mascando um pedaço de madeira de um espetinho de frango, uma espécie de nuggets que era vendido como alimento saudável, mesmo sendo, na verdade, igual a qualquer outro aglomerado de carne com sabor artificial.

— Vou sair para comprar comida — disse. — Você tem que ficar tranquilo aqui sem tocar em nada. Me promete?

Ele disse que não, que não queria ficar sozinho. Nunca, desde que vivíamos juntos, eu o deixara sozinho em casa.

— Estou com fome — disse ele.

— Não é hora de comer, Mauro. E você já comeu nuggets e sorvete.

— Estou com fome — insistiu. E eu acreditava nele, mas devia fingir que não. Devia aguentar seus berreiros sem me comover. Meu trabalho consistia nisso, em vê-lo engordar e finalmente (quando?) vê-lo morrer, sem a dor das mães.

Mauro voltou a dizer que não queria ficar sozinho. Espremeu os olhos, fez como se chorasse, mas só conseguiu soltar um ruído seco. Depois atirou o palito no chão, correu para o quarto e bateu a porta para fechá-la. Era possível ouvi-lo gritar: Não! Não! Ao abrir a porta, encontrei-o sobre a cama, com o travesseiro apertado nos joelhos e três dedos dentro da boca.

— Mauro, venha cá.

Ele fez que não com a cabeça, enquanto tentava enfiar a mão inteira dentro da boca, que vazava baba pelas comissuras.

— Não me faça contar até três. — E por dentro comecei a contar, mas fui interrompida pela imagem de Mauro se devorando a si mesmo, cravando os dentes em sua própria carne.

— Tire a mão daí. Olhe que eu te ponho de castigo.

Às vezes me perguntava se, realmente, ele poderia chegar a tanto, a comer seus próprios dedos, a beber seu próprio sangue. O que faria a síndrome abandonada a si mesma? O cérebro de Mauro nunca diria basta. Ovos podres, fungos, cal; poderia comer até se sufocar, até rasgar o esôfago como um pedaço de pano velho.

— Venha que eu vou te dar alguma coisa.

Rangendo dentes, Mauro me acompanhou até a sala e ficou parado em frente à televisão, estudando-me. Procurei um saco de caramelos, em cima, nos armários altos da cozinha e agarrei um punhado.

— Olhe, você pode escolher. De que cor você quer?

Ele se aproximou com um dedo ainda dentro da boca, como um osso mole, e olhou com atenção. Todas essas cores. Caramelos mastigáveis, mas que te obrigavam a lutar meia hora até amolecê-los.

— Vermelhos — disse.

— Pode ficar com todos os vermelhos.

Foi tirando um a um da concavidade de minha mão. Analisou bem, não queria perder nenhum. Quando terminou, joguei os outros no saco e fechei o armário à chave. Ele me perguntou quanto tempo eu ia demorar.

— Antes de você terminar todos os caramelos, já estarei de volta.

Vesti o casaco, e, ao botar a mão dentro do bolso, tateei uma bolinha e a sensação áspera do papel-toalha. Eram as carolinas de minha mãe, duras como pedra, que tinham ficado ali desde a última vez que a visitei. Desde então, minha vida estava em pausa, como uma boneca sem pilhas. Poderia ter dado as carolinas velhas a Mauro. Ele se encarregaria de roê-las, de untá-las com saliva até transformá-las em matéria mole. Mas não. Saí do apartamento com o saco de provisões em uma das mãos e o saco de lixo na outra. Ao virar a chave, ouvi como Mauro repetia meu nome.

Diz minha mãe que, quando eu tinha uns três ou quatro anos, chorava cada vez que ela saía para o trabalho. Disse que uma vez eu me aferrei aos seus tornozelos para impedi-la de ir embora, e que ela caminhou até o elevador me arrastando como um peso morto. Diz que em outra ocasião eu lhe pedi em casamento. Mas eu não me lembro de nada disso. Lembro-me de quando Delfa me deixava fazer pilulazinhas com a massa que sobrava do pastel de calabresa, ou quando recortava comigo a roupa das bonecas de papel, ou quando me deixava pentear sua peruca, enquanto ela se sentava para fazer remendos no sofá, já quase calva, com apenas uns fios de cabelo soltos e espalhados na cabeça, pretos, diferentes do loiro palha que eu conhecia de toda a vida. Ou quando jogávamos palitinhos, seus dedos muito gordos para tirar os palitos sem que os outros se movessem, ou quando se enfurecia quando Max e eu nos trancávamos no quarto para ficar ouvindo fitas cassetes. Mas nunca disse nada à minha mãe; nunca confessei que não tinha uma só lembrança desses anos em que supostamente ela foi o centro de minha vida.

Impossível, imagine.
Por quê?
Por que há um só centro.
Sim, mas há muitas vidas.

Um carro preto e meio desconjuntado rondava a praça; era o único que se movia. Cruzei a rua e joguei o saco de lixo sobre uma montanha de plástico que estava por ali se amassando e endurecendo com a umidade. O carro preto me fez sinal com o farol. Deixei-o passar sem responder, mas o motorista parou na esquina e se inclinou sobre o assento do acompanhante para baixar o vidro. Eu me aproximei para analisar o terreno: um velho com as mãos esqueléticas e manchas escuras no rosto. Parecia inofensivo, mas, a essa altura, ninguém era inofensivo.

— Para onde te levo?

— A Los Pozos — eu disse. — Quanto?

— Quatrocentos pesinhos, nada mais.

Podia ter me dito qualquer preço e ainda assim o notei ansioso, mendicante. Na estranha transação de necessidades, de medos, eu levava muito mais do que isso, mas o importante era dissimulá-lo.

— Duzentos, não tenho mais.

— Com duzentos, não pago nem a gasolina — disse, e apoiou as duas mãos sobre o volante. A manga da camisa não tinha botão e vi o começo de seu pulso raquítico, dois ossos afiados que empurravam uma pele quase transparente de tão fina e seca. Talvez fosse sua primeira viagem, a primeira que arriscava o pouco que lhe sobrava para comprar gasolina no mercado negro e se converter em um táxi privado.

— Quatrocentos se você me esperar e depois me levar até as Clínicas — disse.

O velho fez contas mentais e me sorriu com uma fileira de dentes minúsculos e amarelos.

Sentei-me no banco da frente, com o saco de comida entre as pernas. A rua nebulosa e apagada se abria na medida em que avançávamos, como se partíssemos a noite em duas.

— Parece que vai chover — disse, e em seguida, senti a cara quente pelo golpe de vergonha. Muito inocente, como se, na presença do velho, eu me transformasse imediatamente em uma menina. — Se *pudesse* chover, né.

— Lindo o cheiro da chuva — disse ele.

— Sim.

— E o barulho. No verão. Eu faço uns bolinhos de chuva deliciosos.

As bochechas descarnadas se mexiam como um acordeão quando ele sorria. Dirigia com o corpo inclinado para o volante e os olhos fixos no buraco da névoa.

— Agora não mais, porque tenho o estômago sem iniciativa. Mas antes…

— E uma melancia — disse eu —, bem doce.

— Ou uma boa massa podre. Acredita que ontem sonhei que comia uma torta de forno? Uma de verdade, com muita carne moída e molho de recheio. Não como essas de agora.

— De Carnemais — disse —: "a carne de todos".

— Sonhei tão nitidamente que senti até o cheiro entrar pelo nariz.

Ficamos em silêncio e, um tempo depois, ele soltou do nada:

— Sonhar é grátis.

Contou-me que, antes da epidemia, tinha uma barraca de animais domésticos na feira. Vendia canários e peixes ornamentais. Assim os chamou: ornamentais. O que será que aconteceu com esses peixes, que nasciam e morriam em um aquário? Não lhe perguntei, mas lembrei-me de quando eu também ia à feira com Delfa. Ajudava a carregar as sacolas e sempre esperava o momento em que chegávamos à barraca de animais. Olhava os coelhos, aninhados uns nos outros, e os peixes betta. Arrastavam seu véu entre as bolhas, os castelos e os tesouros afundados.

— Era um lindo trabalho — disse o velho —, ainda que sofrido. Os meninos batiam muito no vidro e os animais se adoentavam. Mas, ao mesmo tempo, de madrugada, quando todos os canários começavam a cantar, isso sim era lindo. Eu me sentava no quintal para tomar mate e os ouvia. Depois ia, de jaula em jaula, e lhes cortava as unhas, tomando cuidado para não tocar suas veias. Se eles ficavam doentes, era fácil notar porque deixavam de cantar. E então os vi caídos um pouco antes da primeira tempestade. Depois começaram com diarreia, suas patas incharam.

— O que aconteceu?

— O que estava prestes a acontecer? — ele disse, e foi como se o tema se desse por acabado. Ele me perguntou quem eu ia visitar nas Clínicas, e falei de Max.

— Está na ala dos Crônicos — respondi.

O velho me olhou; foi um segundo, mas reconheci essa esperança que já tinha visto em tantos olhos.

— Ganhou na loteria — disse.

— Estamos divorciados.

— Filhos?

Fiz que não com a cabeça.

Ele tinha uma filha no pavilhão dos agudos e uma neta no interior. Os hospitais universitários de terapia intensiva estavam cada vez mais caros e mais cheios, ele me contou.

— Você não sabe o que as pessoas estão fazendo para poder mandar seus filhos para lá.

Não sabia, mas podia imaginar. Podia imaginar esse velho raquítico andando entre os mercenários de gasolina; imaginei-o mascando sementes secas contanto que pudesse guardar até o último centavo. Venderiam canários no mercado negro? Peixes ornamentais? Outra coisa que não lhe perguntei.

— O senhor conhece o paradoxo da lagarta e da borboleta? — perguntei.

— Olhe, eu tenho a cabeça mais cheia de nuvens do que esta rua. Não me peça tanto.

— A lagarta, enquanto está ocupada sendo lagarta, não pode ser borboleta.

Ele ficou sério, como pensando.

— Como é? Me explique — disse depois.

— É um paradoxo. Se entende e não se entende.

— Ou se entende ou não se entende. Até aí me ensinaram na escola.

— Não se entende — disse, mas eu já não tinha certeza e tive vontade de perguntar o sentido a Max. — Ou pelo menos não se entende com a cabeça.

Ao chegar a Los Pozos, estacionamos em frente à casa de minha mãe. Tive um pressentimento horrível. A névoa se enfiava pelas janelas abertas, como uma serpente que morde o próprio rabo. Bati à porta, mas ninguém atendeu, e não ouvi nenhum ruído vindo de dentro. O bairro inteiro havia caído em uma espécie de mutismo. Enfiei a cabeça por uma das janelas e vi minha mãe no sofá, com os braços soltos sobre o abdômen, a boca entreaberta, o cabelo fino, abrindo-se como um leque sobre a metade de seu rosto, e um livro apoiado nas pernas. Tateei a maçaneta. A porta não tinha chave e, quando a abri, minha mãe saltou de um susto que fez cair o livro no chão.

— Não durma com a janela aberta — eu lhe disse. — Não vê que essa escuridão não é normal?
— Como você veio até aqui? — perguntou, desorientada.
Tinha um aspecto lamentável, a cara inchada e com um roupão que parecia uma colcha velha.
— Não há táxis. Ninguém diz o que está acontecendo.
Inclinou-se para a frente e tocou seus tornozelos.
— Acabei cochilando.
— Dentro de uma nuvem. Parecia um anjinho. Não é assim o paraíso?
— Pode ser pior.
Ela se levantou com esforço e se aproximou para ver o que eu estava fazendo.
— De onde você tirou tudo isso?
Acomodei todas as provisões sobre a mesa. Acho que me olhou com aprovação, mas, pensando em retrospectiva, já não tenho tanta certeza.
— Os pais de Mauro vêm daqui a alguns dias. Sabe alguma coisa de Valdivia?
— Nada.
Foi até a janela que dava para o quintal e a fechou.
— Todos estão fugindo daqui. Marcela disse que não quer me deixar sozinha, mas o agrônomo já está procurando uma casinha para eles no interior.
Uma por uma foi fechando as janelas, aprisionando a névoa lá dentro com a gente.
— Está empenhada em me levar com ela.
— Faria bem.
Ao chegar à janela que dava para a rua, ficou olhando para fora. Era difícil reconhecê-la assim. Seu corpo largo à contraluz. Ela deixara cair a vaidade como uma pele morta.
— De quem é esse carro? — disse.

— Eu tenho que ir logo embora. Mauro está sozinho.
— Já está grande.
— Você não sabe o que ele é capaz de fazer. Podia cortar um dedo e não sentir nada.
— Tem sorte, então.
— O que está dizendo, mãe? Não consegue se pôr no lugar de alguém por um segundo?

Ela continuava de costas para mim, na janela, com aquele roupão que já tinha perdido a cor de tantas lavagens.

— Vai começar. Como você é agressiva e irascível. Assim você não vai muito longe.
— Não quero chegar a nenhum lado.

Ela assentiu, em silêncio.

— Por que você não aceita o convite da professora? Ela vai necessitar de público lá no interior, ou você pensa que o agrônomo vai lhe dar atenção enquanto ela toca piano?

Minha mãe deu de ombros, hipnotizada pelo carro velho e todo o seu potencial de escape.

— Ela era das que diziam que ia morrer em Los Pozos, e veja só.
— Por que você não aceita?
— Eu não sei de nada — disse. — A fábrica está funcionando a meia máquina até que passe a tempestade. Não podem transportar os animais. E quando vai passar a tempestade?
— Se é que passa.
— Eles estão convencidos de que sim. Imagina? Com tudo o que investiram, o tanto que esbanjaram.
— É imoral — eu lhe disse.
— É uma perda de dinheiro, nada mais. Estão com a água no pescoço, por isso pressionam os trabalhadores como Valdivia.
— Foi a professora que te disse isso?
— Ela se finge de boba. Mas olhe isso, venha cá.

Ela me fez sinais para que me aproximasse da janela.

— Falando no diabo...

Na casa da frente, a professora conversava com um homem que levava uma maleta de couro.

— É ele. Veja.

Nós duas rimos. Com sua máscara alemã, parecia que levava uma balaclava sobre seu terno de negócios. Era um terno antiquado, as pernas largas demais, com um vinco marcado na parte frontal; o paletó também largo, quadrado e com ombreiras.

— Estamos nas mãos desse palhaço — disse.

A professora usava uma camisola branca de renda; parecia uma menina de outro século indo tomar a primeira comunhão.

— Tem motorista particular — disse minha mãe, no momento em que vimos um carro comprido e luxuoso parar na frente deles. — Ele lhe traz provisões do interior, mas cobra o preço como se fosse daqui. Acredita? Faz negócios até com ela.

Falava com raiva, como se o agrônomo fosse o culpado pela vida que levávamos.

— Cobra até o último grão de arroz.

O homem deixou sua maleta no banco traseiro, mas se sentou no do passageiro. A professora se despediu com a mão até que o carro dobrasse a esquina; depois entrou rápido em sua casa.

— Pobre Marcela — disse minha mãe. — Vamos terminar com essa porcaria de Carnemais saindo pelo nariz. E você? Quanto dinheiro falta para você juntar?

— Pouco. Alguns meses.

— Alguns meses, você diz. Como se não fosse uma eternidade. Você fica por causa desse menino.

— Estou juntando dinheiro, falta pouco.

— Você se sacrifica em vão. Um filho é para toda a vida.

— Tenho que ir, depois nos falamos.

Minha mãe foi até a televisão e a ligou, ignorando o que eu acabava de dizer. Era um aparelho enorme, que se sustentava sobre uma espécie de andador com rodinhas para velhos.

— Você viu este louco? — disse. Na tela, estava a foto de um dos biólogos do Estado. Saavedra ou Saraiva, algo assim.

— Vão interná-lo em um manicômio. Apareceu com uma história de que as algas não são algas, são bichos, pode acreditar?

— Sim, eu vi hoje cedo.

— A saúde mental é coisa séria. Mas não vai faltar louco que acredite nele.

— Lembra do coelho que você me deu de presente uma vez? — perguntei.

— Que coelho?

— O coelho. Foi ideia da Delfa.

— Foi *minha* ideia, e a pior ideia que eu tive na vida. — Ela se aproximou da televisão e aumentou um pouco o volume. — Olhe só. Ainda por cima, vão lhe oferecer pensão vitalícia.

— Tenho que ir, mãe.

— Sim, sim — disse ela, brava, agitando a mão como se espantasse uma mosca. — Vá tranquila, sim.

Desligou a televisão, mas ficou olhando para a tela preta, ou talvez para o seu próprio reflexo na superfície côncava. Fui até a porta. Antes de abri-la, arrependi-me e voltei à sala. Tirei o molho de dinheiro e separei os do táxi.

— Tome — disse. — Se a professora voltar a oferecer, você pega isso e encomenda comida com o agrônomo. Não importa o quanto ele cobre.

— Que esperança. — Agitou a cabeça, evitando olhar para as notas que eu tinha deixado sobre a mesa para não cair na tentação de contá-las.

— Há modos mais rápidos de morrer do que de dignidade — disse.

— Você pensa que eu não posso conseguir essas coisas sozinha? Que vou pedir favor a esse mafioso, a esse pilantra de marca maior? Quando foi que faltou alguma coisa para você?

— Estive ligando para você por duas semanas. Achei que estava morta.

— Você merecia — disse —, o que mais posso dizer?

— Por favor, mãe. — Mas não se tratava de um rogo, e sim de um cansaço tão cabal que ia além do corpo, de todo o físico e o mental, um esgotamento incrustrado no próprio tempo. — Não vamos discutir hoje. Se a professora voltar a te oferecer, você pega esse dinheiro e compra o que estiver fazendo falta, ouviu?

Ela rejeitou o dinheiro. Pegou as notas da mesa, dobrou-as pela metade e me devolveu, sem nem olhar para mim.

— Não vou deixar você sozinha nesse lugar — ela me disse.

— Eu já estou sozinha.

Ela estalou a língua.

— Não sabe o que está dizendo.

Eu me aproximei mais e voltei a sussurrar que tinha de ir. E acrescentei que muito em breve, brevíssimo, iríamos as duas para o Brasil. Logo logo, eu disse, você acredita em mim? Tirei as notas de sua mão macia e voltei a deixá-las sobre a mesa. O centro de gravidade me empurrava para baixo: o crânio, os pulmões, tudo se esmagava, ameaçava derreter. Agarrei-a pelos ombros, e ela resistiu ao abraço. Tinha se posto na defensiva e se manteve rígida e distante, forçando seu corpo para trás com o peso da indignação. Eu a abracei assim mesmo, e, ao fazê-lo, me perguntei o que seria que eu sempre tinha procurado nela. No fim das contas, Max e minha mãe se pareciam bastante. Anos, quase minha vida inteira esperando, mendigando, pelo quê? Não é que eles se negassem a me dar algo, é que eles simplesmente não tinham nada para dar, e eu, obstinada, seguia tateando às cegas dentro de um poço vazio.

— Quer me ajudar? — eu lhe perguntei, e apoiei os lábios na sua testa. Não chegava a ser um beijo, só a sensação de sua pele fria e gordurosa em contato com a minha. — Se quer me ajudar, não me obrigue a me responsabilizar por você também.

O velho havia cochilado no carro, com o assento inclinado para trás, e tomou um susto quando abri a porta do acompanhante. Tinha o corpo tão maltratado que necessitava dormir dois minutos por cada minuto que respirava.

— Olhe — disse e apontou para a frente —, a névoa está levantando.

— Impossível, não soou o alarme.

— Coisas estranhas estão sendo vistas. E a rádio não sintoniza nada.

Cada palavra parecia levar uma porção muito grande dele, e o deixava murcho e tossindo. Com uma mão moveu o botão do rádio, mas só pudemos ouvir o formigamento da estática. Baixei o vidro da janela e tirei o braço para fora. A temperatura não tinha subido, mas senti um cheiro diferente, violento e acre. À contraluz, consegui distinguir uma substância fina, gordurosa, aderida ao espelho lateral do carro.

— Isso já estava? — perguntei. O dedo ficou preto ao passá-lo pelo vidro. — Chuva seca.

— Isso é fuligem — disse ele — Estão queimando alguma coisa.

O velho ligou o motor. Olhei para a casa e, na janela, achei ter visto minha mãe, o contorno de seu corpo delineado como uma sombra escura. Não me fez nenhum gesto, e eu também não. Foi a última vez que a vi. O velho arrancou. As ruas de Los Pozos estavam desertas, e ao imaginar tanta gente confinada, pensei nos canários do velho cantando em suas jaulas.

Depois cruzamos com um caminhão de bombeiros que estava com a sirene desligada e dois patrulheiros que nem sequer nos fizeram um sinal com os faróis.

— Agora sim, estão com pressa — eu disse.

— Estão é com fogo no rabo — o velho riu e acelerou mais um pouco. — Mas falando sério agora: estão mesmo queimando alguma coisa.

Acreditamos que o alarme dispararia a qualquer momento, mas quando estacionamos em frente às Clínicas, as pessoas seguiam pela rua como se nada estivesse acontecendo. O velho olhou para as janelas altas do edifício. Era como um grande favo, e quem entrava, corria o risco de ficar preso para sempre nessa substância pegajosa. Dei os quatrocentos pesos ao senhor, que distribuiu as notas entre seus bolsos.

— Melhor prevenir — ele me disse.

Rapidamente, amontoaram-se três ou quatro pessoas esperando para disputar o carro.

— Como sua filha se chama?

— Adelina. E eu sou Victor Gomez. Muito prazer.

Ele me estendeu sua mão ossuda e fria, sem circulação, e eu a apertei.

— Muito prazer.

O velho me dedicou um último olhar e logo espiou pelo retrovisor sujo os outros passageiros que esperavam sua vez.

— Olhe isso, filha, você me trouxe sorte.

Você se lembra daquele dia?
Qual?
Aquele. Eu te vi pela janela enquanto partia.
Mentiroso.
Ia como que se equilibrando.
O equilíbrio nunca foi meu forte.
Foi por essa mulher?
Você a conheceu?
Sim.
E como ela era?
Tinha um pescoço de pássaro.

Demorei mais de meia hora na fila das visitas para ser atendida. A recepcionista tinha um crachazinho pendurado no bolso da jaqueta. Na foto, ela sorria, mas à minha frente, a boca e o nariz permaneciam escondidos detrás da máscara azul. As máscaras descartáveis converteram todas as funcionárias públicas em odaliscas esquisitas do Estado. Ela me olhou, os cílios artificialmente curvados por cima do pano cirúrgico, enquanto eu soletrava o nome de Max.

— Não estão deixando ver ninguém — disse o homem que estava atrás de mim na fila. — Pode perguntar a qualquer um. É a terceira vez que faço fila hoje.

— Está nos Crônicos — eu disse.

Havia algo nessa palavra que abrandava imediatamente a disposição de todos os funcionários, e a odalisca teclou em seu computador. Depois, virou a cadeira ergonômica e suas unhas velozes fuçaram uma pasta até se deparar com meu cartão.

— Segundo elevador, décimo andar — disse ao entregá-lo.

Em seguida, a fila se inchou com um gemido, fez um movimento de cobra e me expulsou para o lado.

— Espere — eu disse. — Quero ver mais uma pessoa, se for possível. A sra. Adelina Gómez.

O homem de trás já tinha se adiantado e voltou a se acomodar na fila com uma bufada. Tinha a pele sardenta e trêmula, a papada mole igual à de Mauro. Ouvi que ele falava com os demais, dizia: vim às nove da manhã e não encontravam meu cartão. A odalisca exagerou o ruído de suas unhas acrílicas sobre o teclado e ficou esperando com os olhos na tela.

Quero me deter aqui, neste instante, para me aproximar dele o máximo que puder. Por quê? Porque até esse minuto (e não o seguinte) tudo continuava em seu lugar. Um lugar precário, sim, um lugar pouco desejável, insuficiente, mas eu já tinha me acostumado a essa ordem. Eu tinha aprendido a suportá-lo. Como essas torres feitas de blocos de madeira: alguém tira um bloco e logo, outro; primeiro os que não representam tanto risco, logo de maneira mais ousada, até que a torre cai. Se eu me aproximasse desse momento, poderia ver como a mão pega a peça de madeira equivocada, poderia sentir o tremor da torre. Salvo que sempre haverá uma peça equivocada. Não voltaria a ver minha mãe, e consequentemente, também não voltaria a ver Max: ambos iam estar fora da linha de minha vida, mas no instante em que quero me deter, nada disso tinha ocorrido então. Era um momento de graça, de inocência. O tempo anterior a esse instante não me parece tão ruim agora, só estava detido em um estado de coisas, em um *certo* estado de coisas. A partir de então, tudo começaria a se movimentar.

— A sra. Adelina Gomez não figura mais entre nossos pacientes — disse a odalisca, com uma frieza mecânica, e em seguida, desviou os olhos para o sardento atrás de mim. Eu me virei para vê-lo, não sei por quê, anestesiada pela frase. O murmúrio se deteve e talvez tenha sido nesse instante que a torre cambaleou, fez sua dança desajeitada, seu rebolar perigoso. Mas não caiu, ainda não. Minha mãe estava em sua casa, tinha tudo o que precisava. Em alguns minutos, eu ia subir ao pavilhão dos crônicos e veria Max. Mauro esperava confinado em meu apartamento, mascando caramelos de morango. Tudo estava em ordem. A tragédia tinha me roçado, mas só como uma advertência.

— Não pode ser — disse.

O sardento nem respirava, atento à minha reação. A odalisca me olhou novamente, com seus olhos mortos sob incontáveis camadas de maquiagem. Parecia esgotada de tanto sentimento alheio e intransferível.

— Se desejar, pode se comunicar com o departamento de busca — disse ela, e me entregou um papelzinho com o número.

Desta vez ficarei definitivamente fora da fila, pensando no velho e em seu sorriso chocho, e quando voltar a levantar a cabeça, também terei perdido de vista o sardento.

A serpente muda e se recicla, mas nem por isso deixa de ser o mesmo animal.

Subi o elevador, vazio pela primeira vez em um ano. Era evidente que não estavam deixando passar ninguém, mas preferi não fazer perguntas. Não queria interceder, não queria pensar mais do que em mim mesma, descansar por um momento em meu privilégio. Cheguei até o pavilhão e cumprimentei a recepcionista de sempre. Ela realizou o protocolo com meu cartão verde e me devolveu. Tudo era familiar: o corredor encerado, o murmúrio do rádio no hall, a porta entreaberta do quarto 1024.

— Olhe quem chegou! — disse Max ao me ver. — Venha, venha. Patricio e eu estamos discutindo um assunto importante.

Na segunda cama, a do meio, um dos crônicos dormia. Na mais do fundo, contra a parede, um homem calvo de bigode farto e grisalho sorria apoiado entre três ou quatro almofadas. Notava-se que estava fraco e débil, mas já não tinha a via do soro conectada ao braço e, aparentemente, já também não conservava a vontade de morrer.

— Venha — insistiu Max —, necessitamos de sua opinião. Sua opinião de especialista. Para você, o que vale mais: a liberdade ou a vida?

O cheiro de tabaco impregnava o ar, mas não vi nenhuma guimba ou rastro de cinza. Tirei o casaco e o deixei sobre o encosto da cadeira das visitas.

— Não vai dar nem um beijo em seu ex-marido?

Fui até a cama e o beijei na bochecha. Tinha a pele seca e bronzeada, não amarela como das últimas vezes, e a barba nova em seu ponto mais áspero e doloroso.

— Está com boa pinta — disse.

— São as lâmpadas.

— As lâmpadas?

— Estão nos dando banho de luz ultravioleta, né, Patricio? — O homem assentiu. — Damos uma volta no Caribe e voltamos. Aqui vivemos na opulência.

— É um experimento — disse Patricio. A voz era rouca, demasiado grossa para o tamanho de seu tórax desnutrido, um vozeirão que emergia de um boneco de pano.

— Sabe quanto tempo faz que Patricio está casado?

— Quarenta e três anos — o homem se apressou a responder. — Nem uma só noite tínhamos dormido separados até que me trouxeram para cá.

— Está tirando umas férias conjugais — disse Max. — No Caribe das Lâmpadas. O que você acha?

— Parece que funcionam — eu disse.

— E aqui estamos debatendo o que é mais importante, se a vida ou a liberdade... Mas é difícil, porque Patricio está obstinado em dizer que é a liberdade, viu? E assim não dá, assim é difícil ser um herói da pátria.

— Não é isso o que fazem todos os heróis da pátria? — perguntei. — Dar a vida pela liberdade?

— Justamente — disse Max. — Mas aqui o que se necessita, para levar a medalha, é dar a liberdade pela vida.

— Viu? — interveio Patricio. — Aí vemos uma mulher sensata. Max exagerou na risada.

— Sem dúvida. Esta mulher é capaz de matar alguém para manter sua sensatez. E sei o que estou dizendo: eu a conheço desde meus cinco anos.

— Desde os seis. Quando você chegou a San Felipe, tinha seis anos. *Eu* é que tinha cinco.

— Mas era madura para a sua idade... então quer dizer que você escolhe a liberdade?
— Eu não disse isso.
— Então?
— Não sei, Max. Não estou com ânimo.
— O que aconteceu?
— Nada.
— Você precisa de um banho de luz.
Queria evitar lhe contar sobre coisas que não pudesse entender, do cansaço, por exemplo, e desse centro de gravidade que ficava no fundo de mim mesma — no estômago? nos pés? — e que me puxava para baixo. Ele teria retrucado algo como: a gravidade não funcionava assim, ou me perguntaria quem estava mais cansado, um pássaro que voou mil quilômetros ou uma formiga que carregou cinquenta vezes seu peso? Outra adivinhação da qual eu não poderia sair ilesa.
— É o clima — eu disse. — É um fenômeno.
— Já sabemos, sim. Aqui nos inteiramos de tudo, não é, Patricio? As enfermeiras já nem sequer prestam atenção em nós. Estão ocupadas demais com os casos críticos. Mas nós nos entretemos sozinhos, né? Escolhemos a vida sobre a liberdade, porque a vida, aqui, é uma aventura emocionante. Cada dia, uma surpresa. E por sorte, meu amigo Patricio, meu irmão de aventuras, já está raciocinando bem.
— Até porque não tenho para onde ir — disse Patricio, com seu vozeirão deslocado e levantando os ombros.
— Vejo que te instruíram direitinho — eu lhe disse.
— Mas ele tem razão, pense.
Olhei para o relógio, faltava pouco para que o horário de visita acabasse, e me pareceu estranho que ainda não tivesse entrado nenhuma enfermeira para nos lembrar da hora.

— Não se preocupe, estão muito ocupadas — disse Max —, nem se lembram de nós. Eu me sinto abandonado.

— Mauro está sozinho em casa — disse.

— Eu me sinto duplamente abandonado.

— Você precisa de alguma coisa, Max? Precisa de dinheiro?

— Eu não. E você?

— Eu o quê?

— Precisa que eu precise de algo?

— Não comece.

— Se algum dia sair daqui, vou ser rico. Quem diria, hein?

— Do que você está falando?

— Do bônus — intrometeu-se Patricio. — O bônus do Estado para os crônicos.

— Já foi aprovado o decretinho — disse Max.

Agora entendi a razão pela qual, para o velho Patricio, de repente a vida valia mais do que a liberdade; tinha a ilusão de sair vivo e mais rico desse pântano.

— Não está contente por nós? Você que dizia que eu não tinha talento para a vida, e olhe só para mim agora — estendeu os braços completamente esticado na cama —: um homem rico. Com um enorme talento para não morrer.

Patricio riu de gargalhar. Claramente Max estava eufórico, como já o tinha visto tantas vezes, atuando para o mundo (neste caso, para Patricio, mas por quê? Por que queria atuar para esse pobre esqueleto?), espremendo até a última gota de sua personalidade expansiva, justo antes de começar a cair. Porque desse cume de energia não era possível cair de outro modo se não de uma só vez, não era possível uma retirada amável, de artista modesto, mas apenas uma retirada colossal, de escalador que salta da ponta mais alta de si mesmo para o abismo do autodesprezo.

— Mas não se preocupe — disse Max. — Você sabe que eu nunca vou sair daqui.

— Não fale assim — disse eu —, não diga essas coisas.

— Olhe, a senhora, que é uma mulher sensata, vá embora do porto enquanto é possível.

— Exatamente, escute o Patricio. Por que não vai embora daqui?

— Minha mãe me pergunta a mesma coisa.

— Ah, está vendo? Patricio! Patricio! Cedo ou tarde íamos descobrir que minha sogrinha e eu tínhamos algo em comum.

— É *a mim* o que vocês dois têm em comum.

— Essa é uma grande verdade. Mas, falando sério agora, por que você não vai embora daqui? Lá também necessitam redatores, alguém que lide *bem* com a linguagem e nos mantenha antenados a tudo.

— Não fale isso, Max. Você está falando besteira. O que dizem os médicos? Quanto tempo mais você precisa ficar aqui?

— Para que você quer saber disso? Se eu sair daqui, é mais provável nunca mais voltarmos a nos ver. Venha cá, deixe de coisas... venha cá, vamos conversar um pouco.

— Você quer conversar sobre o quê?

— Não sei, alguma coisa. Conte alguma coisa sobre você. Fale um pouco comigo.

— Eu estou sempre falando com você. Talvez devesse me calar um pouco.

— Ah, mas minha antena não funciona. E eu só tenho essa pobre antena.

Aproximei-me da janela. Não fazia frio, mas eu sentia os braços arrepiados. Vesti o casaco e afundei as mãos nos bolsos mornos. Já tinha passado tempo demais e continuavam sem me expulsar. Isso sim era uma novidade, não este Max maníaco ao qual eu tinha temido minha vida toda.

— Viu isso? — perguntei.

— Isso o quê? É muito linda a vista de Paris, mas as pessoas se acostumam. É pitoresco, mas tem essa beleza impregnada, como dizer... essa beleza de senhoras com casacos de pele. Eu quase sempre me esqueço de que o Sena passa por baixo dela. Sabe? Dizem que também está contaminado.

— Falo da fuligem, Max. Algo está caindo.

O céu tinha uma cor estranha, as nuvens negras, de tempestade.

— É a cor da *Liberté*. Por isso mesmo, quem vai querer sair? Né, Patricio? Entramos em razão. A *liberté* tem riscos demais.

A voz de Max tinha se transformado em um ruído de fundo, e, ao me virar para ele, pude vê-lo assim, como um aparelho que gerava esse ruído branco que divertia Patricio e adormecia o outro, que seguia deitado, sem participar de nada.

— Por que você me olha assim?

— Você chegou a conhecer uma mulher? Uma tal de Adelina? Gomez, seu sobrenome.

— É amiga sua? Se é amiga sua, não a conheci — riu.

— Pense, Max. Esse nome soa familiar?

Max virou para Patricio:

— Você que conheceu tantas mulheres: Adelina Gomez. Conheceu alguma?

— Adelina, Adelina...

— Já venho — disse.

— Aonde vai?

— Já venho — E saí rápido do quarto.

Passei como um meteoro pela recepção dos crônicos e desci diretamente pela escada dois ou três andares, até que um vigilante me obrigou a entrar no elevador. O térreo fervilhava de pessoas. A fila diante da odalisca da recepção atravessava o hall e saía do edifício. Não entreguei meu cartão na seção dos trâmites, simplesmente saí das Clínicas, afastei-me, tremendo, decidida a dobrar o plástico até rompê-lo, antecipando a dor da chicotada. Caminhei o mais rápido que minhas pernas podiam, e quando cheguei ao cruzamento do Obelisco, ainda tinha o cartão verde nas mãos, com o nome de Max estampado na linha superior.

Fui até o porto, o céu tintilava com um esplendor estranho, como um brilho de uma cidade distante. Se algo estava se incendiando, devia ser algo grande. O suficiente para que se pudesse ver daqui. Tão grande como um bairro inteiro. Mas o quê? As pessoas apontavam para o resplendor sobre o qual se amontoava uma nuvem escura de cinzas. Também longínquas vibravam as sirenes dos caminhões de bombeiros, como um apito subterrâneo. Em cada esquina, eu parecia reconhecer o carro do velho raquítico. Todos se pareciam com o dele, porque todos estavam cobertos da mesma fuligem preta que também cobria as calçadas. Nenhum táxi particular se deteve, e as pessoas caminhavam pisoteando as cinzas. Tinha se formado um lamaçal mais perigoso do que a névoa. Ainda que fosse improvável, até absurdo, eu tinha medo de me reencontrar com o velho; que ele me reconhecesse e se oferecesse para me levar à casa. Tinha medo de olhar em seus olhos. Alguns oportunistas tinham saído à rua para vender máscaras. A única maneira de voltar para casa era caminhando, e, ainda que todos andássemos rápido, rogando para que não soasse o alarme, havia algo comovedor em ver as ruas habitadas, vivas.

Cruzei a avenida para passar ao lado do monumento a José Luis Amadeo, uma escultura de bronze colocada sobre um pedestal de cimento que emulava a forma de uma roca marinha. Um busto duas vezes maior que o tamanho normal de uma cabeça humana. Os ombros emergiam das rocas, como se elas tivessem tragado seu corpo, como se José Luis Amadeo fosse um homem-pedra, sem pernas para chutar nem braços para nadar. Fiquei parada diante dele. Olhei para seu nariz e os olhos, muito fundos, olhei para sua testa, muito larga, olhei para a boca, uma expressão desagradável, não solene, mas de dor, um gesto que parecia dizer: eu me sacrifiquei pela pátria. Sacrifiquei-me pela pátria e vocês fizeram isso com ela. Olhei para as entradas de seu cabelo, os pômulos cinzelados com raiva, para fazê-lo mais varonil, talvez mais adulto, e não o jovem que era quando o tiraram morto do rio. Olhei-o com os símbolos de bronze que lhe faziam uma espécie de coroa de louros ao redor dos ombros exageradamente musculosos: o peixe, o escafandro, os pés de pato, e não houve nada, nada que me permitisse reconhecer o José Luis que tinha sido meu amigo, o mais novo dos mergulhadores, com seus bolinhos de algas e suas pequenas superstições, com seu rosto pequeno e sua risada que era um afogamento, um soluço para dentro. Havia flores pelo chão, algumas coroas, mas em sua maioria eram flores soltas, postas de qualquer jeito. Algumas enegrecidas pelas cinzas que o vento vermelho levaria naquela mesma noite ou na seguinte. Que levaria junto com as flores.

O centro estava cheio de policiais. Alguns de pé, debaixo dos toldos das lojas fechadas, outros dentro das viaturas estacionadas nas esquinas. E ao redor deles, sacos de lixo, cheiro de lixo e também de pneus queimados. Os táxis sanitários passavam lentamente, derrapando no lodaçal, mas sem parar, assim como os outros carros particulares que também iam ocupados. Ninguém parava. As pessoas, nervosas, patinavam sobre a cinza úmida, as mãos e a cabeça dentro do casaco. Alguns cumprimentavam os policiais. Eu passava reto sem olhá-los, sem o bajulador boa tarde, sem sequer uma inclinação de cabeça. Tinha a impressão de que Max podia me ver de sua janela das Clínicas, que podia me identificar como um ponto de luz entre todos esses casacos coloridos.

Na Plaza de las Palomas, um recinto austero, sem árvores nem fontes, onde os idosos costumavam sentar-se e oferecer migalhas às pombas, reparei em uma mulher que estava de pé em um dos bancos. O que fazia? Suas botas estavam cheias de barro, ela vestia uma saia xadrez até a altura dos joelhos e um casaco de lã muito velho e esgarçado. Notava-se que debaixo desse casaco se amontoavam várias camadas de roupa que a faziam parecer mais gorda. A mulher não se movia, os braços lânguidos ao lado do corpo; uma espécie de estátua viva. Assim talvez tenham me visto no elevador das Clínicas. Não muito diferente dessa mulher, porque se notava que ela também estava cheia de raiva e que tinha optado como podia entre a paralisia e a inércia. De longe, vi um policial atravessar a praça em diagonal. Ia até a mulher. Eu me afastei um pouco, dei uns passos para trás até ficar com as costas na vitrine de uma loja fechada, e então me virei e fingi analisar a roupa nos manequins que me devolviam uma pose estranha, com as mãos dobradas para cima e os dedos abertos. Pelo reflexo do vidro, vi o policial parar ao lado da mulher. Não subiu no banco; ficou de pé, olhando para ela, com a cabeça inclinada para cima. Estava dizendo algo através de sua máscara alemã. Logo puxou um pouco do braço morto, que pendia sem vontade. Nisso chegou outro policial, e este sim subiu no banco e agarrou a mulher pelos ombros. Achei que ela ia gritar, que ia explodir com essa fúria que lhe endurecia o corpo, mas não ofereceu nenhuma resistência. Deixou que a baixassem e que a escoltassem até a viatura. Passaram muito perto de mim, os três, e, por segundos, pude ouvir as vozes dos policiais falando de algo, o quê? Talvez do incêndio. Está todo mundo agindo estranho, disse um deles, as mãos firmes nos ombros da mulher estátua.

 Cravei o olhar nos manequins, através da sujeira cinza que cobria o vidro, manchas de gotas, marcas de dedos, rastros de palavras que tinham sido traçados sobre o pó. Seja lá a quem pertencia a loja, não estavam preocupados em esvaziar nada. A roupa pendia dos cabides nas paredes do fundo; era roupa de verão, um vestido branco, umas sandálias de tiras, um grande chapéu de aba larga com franjas coloridas. Roupa obsoleta, não antiquada, porque nada novo tinha vindo substituí-la, mas sim ridícula, extemporânea. Como um museu do absurdo. Os outros dois manequins tinham a cabeça desnuda, branca, lustrosa sobre um rosto sem traços, detidos para sempre em um verão impossível.

Dizem que o pensamento vai unido ao movimento do corpo. Que a cabeça se ativa com ações cíclicas, como se o cérebro caísse sob uma espécie de hipnose que libera as ideias presas de dentro. Como caminhar, dizem, como lavar os pratos. Não sei quanto de certo há nisso; não sei se o movimento será uma espécie de encantador de serpentes para conexões cristalizadas. Só sei que, ao chegar à próxima praça, oficialmente batizada de Plaza José Luis Amadeo, em homenagem ao primeiro mergulhador morto, meu amigo de infância, eu pude perceber a quem o velho taxista tinha me lembrado: seu Omar. Ao último seu Omar, que voltei a ver vinte e sete anos depois da morte de Delfa. Os dois se pareciam na magreza, no peito avultado como um caixote de feira desmilinguido; e se pareciam também na maneira de falar.

Quando por fim o encontrei, seu Omar já não era o homem robusto que limpava carcaças de gado dos ganchos de que pendiam, abertas como carpas, e as transportava em caravana até as travessas de aço. Já não comia com a fome dos trabalhadores braçais, raspando até o último resquício de comida dos potes plásticos que Delfa lhe preparava. Agora era um senhor, com a cabeça rosada como um roedor recém-nascido, com mais pelos nas orelhas do que no crânio, e uns dentes postiços que lhe ficavam frouxos na boca, grandes demais para seu corpo debilitado. Haviam se passado vinte e sete anos desde a última vez que estivemos sentados os três na salinha da velha fábrica, com seu macacão manchado e as unhas escuras que cheiravam a sangue seco. Consegui seu endereço perguntando no bairro, casa por casa, até que dei com um homem que o conhecia; tinham trabalhados juntos na sala de esquartejamento. Seu Omar morava com o filho e uma irmã mais nova, a única que ainda estava viva, também viúva.

— Delfa nunca me contou que tinham um filho.

Eu estava surpresa.

— É que o pobre nos saiu torto — disse seu Omar. — Aos catorze fugiu de casa e não voltamos a vê-lo. Sabíamos. Sabíamos que andava pelo bairro, que fazia coisas que nesta casa ninguém lhe ensinou. As pessoas nascem como nascem, isso é a mais pura verdade. Nem sequer apareceu no funeral, você acredita?

— Eu também não fui.

— Ele era um homem. Todo o bairro veio se despedir de Delfa, menos ele. E pouco tempo depois lhe deram o tiro que ele estava buscando. A bala entrou na sua cabeça e lhe esquivou toda a morte que tinha dentro e ele ficou ali, estendido como um animal, mas respirando. Foi muito pedir que o conservassem vivo, menina. O pobre caminha, faz suas necessidades, não incomoda ninguém, mas nunca mais vai falar. A bala tranquilizou sua alma e enlouqueceu sua cabeça. Mas veja só...

— Delfa nunca mencionou seu filho — foi a única coisa que consegui dizer. De repente, achei que eu não conhecia Delfa, e esse pensamento me deu medo.

Também falamos do fechamento da velha fábrica. Já fazia anos que seu Omar estava aposentado, então o fechamento não o afetou pessoalmente.

— Que a fábrica era velha? Sim, era velha. Mas não tão velha a ponto de ter que jogá-la no lixo. A fábrica funcionava. Os protocolos de segurança estavam em marcha. Se a fecharam, não foi por segurança. Foi por outra coisa.

— Que coisa?

— Vai saber.

— O que sentiu quando a fecharam?

— Tenho pena de ser tão velho que já não reconheço nada. Este aqui é outro mundo.

— Eu também não o reconheço, seu Omar.

— Mas o mundo ainda te reconhece.

— O senhor não tem medo do que está acontecendo?

— Não se preocupe, menina, que eu não vou morrer de nenhum fenômeno. Eu vou morrer porque quero.

Naquela mesma semana, fui visitá-lo de novo. Desta vez, quem me abriu a porta foi a irmã, uma mulher bem gorda e de aspecto forte. Ela me fez passar ao quarto de seu Omar que tinha uma caminha pequena, de pinho e sem envernizar, e antes de me deixar entrar me advertiu que ele dormia. Paramos na soleira da porta e dali ficamos olhando para ele por um tempo, estendido na cama, rígido.

— Ele está assim desde que você veio visitá-lo — disse-me ela. — Não quer nem comer. Só dorme, dorme, e às vezes acorda, um pouco desorientado, olha ao redor e, quando me reconhece, resmunga todo mal-humorado e volta a dormir.

Chegamos perto da cama; sua respiração era um fiozinho, o peito mal se movia.

— Seu Omar — sussurrei —, seu Omar, sou eu. — Mas ele não quis acordar. Estava farto desta vida e seus afetos.

Dois dias depois, morreu. E no velório vi um homem de cerca de cinquenta anos, calçando sandálias, com meias brancas e uma camisa xadrez por fora da calça. O cabelo liso lhe chovia pelos olhos e lhe dava um aspecto infantilizado, mas tinha a barba branca e os ombros caídos. Não demonstrava nenhuma emoção, e os olhos se mantinham semiabertos, como se fizesse um grande esforço para não dormir.

Seria como um museu.
Que tipo de museu?
Um museu de coisas perdidas.
E o que haveria nele?
Sombrinhas de lona, aqueles kits de praia
que vinham dentro de uma rede.
A pazinha.
Moldes de estrelas-do-mar.
Há coisas que não poderiam ser exibidas.
O cheiro de bronzeador Hawaiian Tropic.
Os pelinhos brancos dos braços, duros de sal.
E o que seria o pior?
As picadas de mutucas.
Isso não é o pior.
O cheiro de lobo morto.
E o melhor?

Não há modo de me lembrar qual foi a última vez que a vi. O que me disse antes de partir, do que brincamos naquele dia. Usava a peruca? Sim, com certeza usava. Mas não consigo me lembrar. Durante anos tentei, com esse afã ingênuo de quem acredita que a vida é uma linha, e que recordar consiste em fazer um traço reto e metódico entre dois pontos. Mas alguma vez você desenhou uma linha reta sem a ajuda de uma régua? Vai passar anos tentando domar o pulso, repetindo até o cansaço o mesmo traço falho: esse caminho de formigas sobre a folha é a memória. Delfa chamava Max de "ranhoso". Às vezes, se estivesse de mau humor, dizia "ranhoso atrevido" e lhe dava vassouradas, assim como também o abraçava, apertava seus ombros magros e estreitos e lhe dava beijos no cocuruto. Dizia para nós: vocês ainda vão me deixar louca, vocês dois. Mas Max guardava a imagem embaçada e muda de Delfa, e nem sequer se lembrava de sua peruca. Você não lembra de quando a onda a levou? Não. Não se lembra das fitas cassetes?

Mas você estava lá!

A memória é uma vasilha partida: mil pedaços e lascas de barro seco. Que partes suas permaneceram intactas? O barro te faz escorregar, perder o equilíbrio. E era um equilíbrio tão precário, você se esforçou tanto em mantê-lo, para depois cair de bunda no chão.

Que risada. Olhe só para você.

Não há modo elegante de cair.

Fui embora sem me despedir de Max. Caminhei patinando pelas cinzas. Tinha me despedido em minha cabeça, sim; mas, em minha lembrança, eu ainda estava me despedindo, uma e outra vez, e agora estou a ponto de me despedir novamente, e farei isso, apesar de tudo e apesar de mim. Se conheço o futuro é porque não posso parar de repeti-lo. Sairei outra vez das Clínicas com o cartão verde na mão, acreditando que me afasto definitivamente de Max (querendo acreditar, como se para se afastar bastasse mover os pés).

Minha linha reta se enrola, sinto que me falha o traço, e o desenho é agora uma corda que eu mesma passo ao redor do pescoço. O passado, o presente e o futuro, tudo remexido na mesma máquina batedora da memória, na mesma cumbuca desinfetante. Há que despejar amônia na memória para que ela se transforme em uma só massa e ganhe alguma consistência. Quando foi a última vez que vi Delfa? Nos sonhos, não faz muito. Mas na realidade, quando? Ela já usava a peruca, estava doente, mas continuava vindo à casa. Ainda caminhávamos até a velha fábrica ao meio-dia, com as marmitas na sacola, até que seu Omar nos fazia passar pela salinha verde-água. Estava mais magra, mas eu não consigo me lembrar. Quem me contou foi seu Omar, muito tempo depois, e eu a implantei assim em minha própria lembrança. E a vi magra e abatida, débil, *franzina*, como disse ele, porque nem as palavras para descrevê-la são minhas. Deve ter me dado um beijo franzino. Talvez eu nem sequer levantei a cabeça do brinquedo em que poderia estar concentrada. Adeus, meu amor, ela me disse, me dizia. E no dia seguinte não virá. E no outro também não, nem no outro. Minha mãe me levará com ela ao escritório, não tem com quem me deixar. Quem a avisou? Não parecia algo planejado. Deve ter sido por telefone, mas quem? Ela mesma? Seu Omar? Quem atendeu a ligação? Talvez tenha sido eu mesma.

Minha mãe não se levantava do sofá quando estava em casa, dizia: ande, vá atender. E eu atendi, e era a voz de Delfa. Ela me disse: meu amorzinho. Ela me disse: me passe para a sua mãe que é importante. E eu disse: Você vai vir hoje? Não, eu não disse isso. Eu não disse nada. Delfa não ligou, foi seu Omar quem disse à minha mãe: está na contagem regressiva, e minha mãe não soube o que fazer e me levou com ela ao escritório. Passei o dia todo desenhando em sua mesa de trabalho.

Quando lhe perguntei se Delfa ia vir no dia seguinte, minha mãe respondeu que não. Delfa está doente, disse, precisa de umas férias, não pode cuidar de você todos os dias. Periodicamente, minha mãe também tirava umas férias da vida familiar; desaparecia um fim de semana inteiro e sempre voltava mais descansada, jovem, com o cabelo alisado e a cara ruborizada. Eu a envelhecia, arruinava sua pele, como quem manuseia demais a primeira folha de um caderno novo. Algo similar imaginei que passaria com Delfa: voltaria das férias com seu cabelo branco, fino e oleoso, mas que não cheiraria a naftalina, voltaria com seus dentes postiços, que tinham a gengiva brilhando e um fio metálico nas laterais, onde se prendiam aos poucos dentes verdadeiros que lhe restavam. Voltaria sem rastro da doença, e minha mãe ia lhe presentear com um pote de creme Nivea para os dedos rachados e os cotovelos brancos de tão secos. Mas Delfa nunca voltou, e depois não me deixaram ir ao enterro e eu fiquei vários dias sem falar com minha mãe, mas também sem chorar. Sei que minha mãe uma vez gritou: Não quero que minha filha veja isso. Mas não lembro por que disse isso, o que eu perguntei, em que coisa insisti. Minha mãe tratava Delfa bem? Sei que lhe dava sua roupa velha e lhe pagava o décimo terceiro. Uma vez brigou comigo porque eu ficava o dia todo pendurada em suas pernas. Não acho que era literalmente. Eu nunca tocava Delfa em frente à minha mãe, mas assim que minha mãe saía pela porta, as coisas mudavam. Como Delfa falava comigo, e eu com ela! Beijava suas mãos, e as mãos me penteavam, grossas, pesadas, a sensação desse peso sobre minha cabeça me ancorava ao presente. O corpo era nosso segredo.

Foi Delfa quem me trouxe o coelho. Minha mãe não sabia o que me dar de presente e lhe perguntou: do que ela gosta? Eu estava nessa idade em que os brinquedos me pareciam ridículos, mas também não estava na fase de achar roupa interessante. Do que ela gosta? É só pensar um pouco, ouvi que Delfa dizia na cozinha, você que a pariu que a balance. Não era a primeira vez que Delfa se referia à minha mãe desse jeito. Às vezes dizia: Senhor amado, dai-me paciência, e olhava para o teto. Do que ela gosta? Um bichinho, um animalzinho. Delfa veio com uma caixa e a entregou à minha mãe. Depois entendi que nessa caixa estava o coelho, mas que minha mãe trocou por uma caixa mais bonita, com uma fita rosa, sem furos para a respiração nem pedaços mordidos de cenoura. O coelho ficava saltando pela casa, roendo os pés dos móveis, até que passamos a deixá-lo na sacada. Só entrava à noite, para dormir nessa caixa linda que se transformou em uma cama rota, de papelão umedecido e malcheirosa. Delfa não fazia outra coisa além de varrer tantas bolinhas de fezes, e dizia: os animais te exigem e te dão. Ela não viveria para ver esse céu vazio de pássaros. E o coelho também não ia viver muito mais tempo. Um dia, Delfa abriu a porta da sacada com força, com essa mesma força com que esfregava as veias de seu braço pensando que eram manchas de tinta. A porta bateu na parede, e era tarde demais quando entendeu que o coelho estava atrás dela. O coelho não morreu imediatamente. Também não sangrou nem nada, então nem acreditávamos que seria algo tão grave: só estava quieto e introvertido, movia as orelhas com breves espasmos e não quis comer nada. Fiz vigília por toda a tarde na janela até que Delfa me obrigou a sair dali. Só quando minha mãe chegou é que abrimos a porta e encontramos o coelho estirado e inerte na beira da sacada, com a cabeça pendurada no vazio.

Estamos na sala do velho apartamento. Reconheço o quadro torto na parede. Reconheço as cadeiras com as madeiras tortas, a toalha de mesa de crochê paraguaio. Delfa tira a peruca e a coloca sobre o abajur. Minha mãe acaba de lhe dizer algo ruim, mas não posso vê-la, está de costas para mim. Eu estou encolhida no sofá. Nenhuma das duas me nota. Delfa diz: melhor você se ocupar de sua filha, e caminha, sem cabelos na cabeça, até a porta da rua. Por que não leva a peruca? Quero gritar, levantar-me do sofá e correr até ela, mas não posso. Estou feito uma estátua. A sala está escura porque a peruca tampa a luz que deveria sair por cima do abajur que, assim como está, parece a cabeça de uma mulher magra. Estou chorando, mas penso: Se deixou a peruca, é porque vai voltar.

Se te dão uma caixa cheia de ar, qual é o presente?

Deixei para trás as praças, que eram como dólmens ao longo da avenida, e pouco a pouco as ruas foram se esvaziando. Só de vez em quando, um vagabundo resplandecia como uma miragem na brancura artificial, e nessa reta que conduzia ao porto, minha ideia inicial foi perdendo força. Já não estava tão segura de nada e talvez até quisesse voltar às Clínicas seguindo meus próprios passos na calçada suja de cinzas. As pernas me pesavam, com esse formigamento quente que macera as panturrilhas. À medida que avançava, a fumaça do incêndio notava-se mais próxima, um redemoinho espesso que se fundia com as nuvens. Vinha do cerro, de alguma das fábricas.

Parei para descansar perto de uma galeria de eternas luzes florescentes, onde em alguma época de minha adolescência havia uma loja dos correios. Dessa loja, eu despachava minhas longas cartas a Max, cheias de detalhes sobre meu mundo interior, e também recebia suas respostas em uma caixinha que minha mãe tinha e que era um simples buraco na parede. Eu recebia aquelas cartas e as relia até tê-las memorizadas completamente. Às vezes, não sabia se uma conversa que tive com Max havia acontecido de verdade ou se era um diálogo incessante, uma resposta mental. Eu me sentia bem indo a essa loja estranha, pois acentuava a sensação de que Max e eu pertencíamos a uma região infranqueável, blindada à fealdade e à miséria que nos rodeava. Foi a melhor época. Eu ainda tinha um mundo interior e acreditava que contar isso a ele era algo valioso. Assomei pela entrada da galeria, e vi que agora era uma garganta escura e fedida, uma enorme lixeira sem nada mais que grades e vidros quebrados. Pode ser que tenha pensado em entrar, apesar de tudo, para ver se sobrava algo nos fundos, restos, rastros, provas materiais de que esse tempo tenha existido, mas não fiz isso, e um momento depois apareceu um patrulheiro.

— Aonde você tem que ir? — o policial me perguntou.
— Ao porto — respondi. — Onde é o incêndio?
— Não temos informação.
— Mas é grande. — Apontei a coluna de fumaça. — Vem do cerro.
— Nada grave — disse ele, sem girar a cabeça. — Quer que a deixemos no porto?

Mas eu não quis, não. Temia que o mundo caísse sobre mim se eu deixasse de me mover, e quando digo o mundo me refiro ao passado, porque esse presente precário e cambaleante que eu tinha até poucas horas atrás também estava acabado. O patrulheiro se afastou e eu fiquei mais uns minutos ali, contra a janela de outra loja fechada, e então tentei pôr meu pé na marca exata deixada sobre meu próprio sapato. Uma pegada clara, que tinha limpado a cinza e na qual se sobressaíam as fissuras da sola de borracha. Pus o pé, o direito, sobre a marca direita; pisei com cuidado, procurando fazer com que as bordas da sola se encaixassem perfeitamente com a marca no piso, mas não foi possível, sempre saía um centímetro da pegada, como se meu pé tivesse encolhido. E esse detalhe absurdo, essa sensação de coisa que não se encaixava e que não poderia nunca mais se encaixar, me impedia de dar a volta para regressar às Clínicas, a Max e a tudo o que estava além dele.

O último pedaço do caminho foi penoso. Já nenhum táxi sanitário passava por ali, e a cinza se amontoava em uma espécie de paisagem lunar banhada pelo halo tênue da névoa.

Não havia modo de desandar o caminho, mas também não me sentia capaz de seguir avançando. Era um modo de dizer, claro. Muitas coisas são exageros de linguagem. Porque as pernas fizeram seu trabalho e finalmente vi a luz do Hotel Palacio, o brilho verde e vermelho elétrico que me guiava. Passei sob o neon, reconheci o zumbido elétrico e caminhei as últimas quadras até o hall do edifício, com suas paredes descascadas, o elevador morto e a pintura que se inflava em grandes bolhas de umidade. Tinha tardado horas em voltar, muitas mais das que tinha combinado com Mauro, e usei esse último impulso para subir os degraus de dois em dois.

Quando cheguei ao terceiro andar, deparei-me com uma pilha de caixas de papelão atravessadas sobre o piso. Junto às caixas, havia uma mala antiga de couro e sem rodinhas, como a pança inchada de um cavalo. Por trás delas, ouvi o arquejo de alguém, acompanhado de uns gemidos, até que a cabeça do homem se assomou entre a parede de papelão:

— Um anjo caído do céu — disse ele ao me ver.

A voz era rouca. Devia ter a idade de minha mãe, mas, a julgar pelo estado de seus pulmões, se notava que tinha fumado a vida toda. Eu nunca o vira, ou ao menos não me lembrava dele. Era um vizinho ou um sem-teto? O que importa? Não me interessava se o que o homem queria era esvaziar apartamentos, contanto que não me bloqueasse a passagem. Ele captou a dúvida em meus olhos, talvez a irritação.

— Sim — disse —, eu também estou partindo e não me envergonho disso.

— Não sabia que ainda tinha vizinhos.

— Você é a do 501, não? A do menino.

O homem tinha um mapa perfeito do edifício em sua cabeça, e me fez uma lista dos apartamentos que continuavam ocupados.

— Não por muito tempo — disse.

Tive de ajudá-lo a mover as caixas e a mala, que pesava mais do que um monólito. Nós dois juntos fomos descendo tudo, até empilhá-las novamente no hall. Durante o procedimento, o homem tossiu e ofegou, enquanto o catarro lhe ronronava no peito. De tanto em tanto, voltava a dizer que eu era um anjo e, em seguida, se esforçava para impulsionar o muco de um pulmão a outro, sem se sentir capaz de cuspi-lo na minha frente. Eu evitei perguntar como ele ia levar essas caixas e aonde pensava deixá-las; a verdade é que não me importava, não tinha forças para me interessar nem por ele nem por suas caixas nem por nada que não fosse Mauro lá em cima, sozinho.

— A rua está complicada — disse, a modo de advertência —, alguma coisa está acontecendo.

— Sempre há algo acontecendo — disse ele. Havia certo pesar em sua voz, mas também vontade de burlar a si mesmo.

Desejei-lhe sorte, enquanto o homem secava o suor de seu pescoço com um lenço, e voltei a subir as escadas, dessa vez lentamente, apoiando as mãos em um joelho, depois no outro, esporando a mim mesma como a uma mula cansada.

Nem bem abri a porta e senti um cheiro estranho, ardido. Chamei Mauro, mas ele não me respondeu. Mauro, voltei a dizer, cheguei. Um leve rumor me alertou. Tirei o casaco e corri até o banheiro. O que encontrei tinha algo de batalha mortal. Mauro estava sem roupa dentro da banheira, com água apenas para lhe cobrir as pernas e um monte de frascos de comida ao redor, uns vazios, outros cheios de água. Havia cacos de vidro, tampas de frascos, etiquetas molhadas e restos de comida espalhados pelo chão. Na água da banheira flutuavam pedaços de cenoura e pepinos mordidos, e dali subia o cheiro acre dos líquidos em conserva e talvez também de urina. Mauro nem sequer me olhou quando parei na porta, muda, passada, verificando a bagunça ao redor. Eram os vidros em conserva, os únicos vegetais que mandavam do interior para o armazém de Valdivia e que eu tinha trancado à chave dentro do guarda-roupa de meu quarto. Contei mais de dez vidros vazios ou quebrados, talvez todos os que restavam. Como ele tinha encontrado a chave? Fui ao quarto e vi as gavetas da escrivaninha e as portas do guarda-roupa todos completamente abertos. O piso feito uma mixórdia de roupa e papéis molhados.

— Mauro, onde está a chave? — disse, e então meus músculos despertaram de sua prostração e se encheram com uma energia que não achava mais que eu tinha. — Responda!

Ele me ignorará, saciado, satisfeito; encherá um frasco de água e voltará a esvaziá-lo sobre os joelhos. Falará sozinho, como se cantasse. A raiva me sacudirá os braços e as pernas. Os vidros se partirão quando eu passar sobre eles e me inclinar na banheira para agarrá-lo pelas axilas.

— Você vai sair já daí. Está me ouvindo?

Farei força para levantá-lo, mas ele deixará morto o peso de seu corpo, e minhas mãos escorregarão pela pele molhada. Fundirei meus dedos nas dobras de sua barriga, e tentarei puxá-lo como se quisesse pegar um casaco de lã, mas a pele se desenrolará e escorrerá de minhas mãos. Ele levantará um cotovelo para se desfazer de mim e me tirará de cima dele.

— Estou dizendo para você se levantar.

Voltarei a fazer força e seu corpo se elevará apenas uns centímetros, mas não por muito tempo; como um peixe, um anfíbio monstruoso, outra vez escorregará de minhas mãos e se chocará contra os vidros na banheira. O ruído será mais assustador que o golpe, o suficiente para assustar Mauro, que começará a se queixar e a gritar *naaaa, naaaaa,* enquanto segue fazendo força para evitar que eu o levante. A água escorrerá também pelo piso, salpicará por todos os lados, e alguns vasilhames vão rodar para longe. Não saberei se o estou machucando, os olhos como dois cortes diagonais em seu rosto disforme, sem nariz nem lábios nem sobrancelha, tudo devorado pela congestão, os ranhos, a baba. Tomarei um impulso feroz e o alçarei o bastante para tentar sentá-lo na borda da banheira, mas, ao fazê-lo, vou patinar sobre uma poça e, ao cair de lado, com um braço ainda estendido em direção a Mauro, meu ombro se chocará com o bidê. Sentirei uma eletricidade, depois um puxão firme no momento em que minha cintura impactar com os ladrilhos, e uma náusea. Ficarei estendida, com a bochecha no piso molhado, e ao olhar para cima, por entre o cabelo caído no rosto, verei que Mauro se levanta, como uma estátua desnuda que terá ganhado vida, um Poseidon tenebroso que absorveu toda a água dos mares. Sairá da banheira, gotejando, passará sobre mim sem me tocar, e sairá do banheiro. Por um momento não escutarei mais nada, só a imagem mental das poças que seus pés vão deixando sobre a madeira. Depois começará repentinamente o alarme. Tão estridente que parece estar dentro da casa, como se não houvesse paredes, só um estúdio de televisão feito de móveis e madeiras mal armadas. Estendida ali, entre os vidros, começarei a pensar se as janelas estão fechadas, mas não terei forças para me levantar. Direi: Mauro, venha cá, Mauro, mas ele não virá, e, enrodilhada no piso, verei os olhos da odalisca, seus cílios espessos como uma cortina de metal.

Do pasto se eleva uma nuvem de mosquitos. Damos uns tapas em nossas pernas, alguns explodem como gotas de sangue, deixam a mancha expandida na mão. Há um cheiro forte. O tubo de repelente vai passando entre todos por turnos, da esquerda para a direita, e nos untamos até a cara e o dorso das mãos. Depois vamos chupar esses dedos sem nos darmos conta, envolvidos pelo cheiro da carne assada, com o *crac crac* da lenha que se quebra e os grilos lentos ao longe. Mais tarde, entraremos em casa e de um pratinho posto sobre o piso veremos subir a fumaça em espiral. As cinzas vão caindo sobre o pires branco como a pele de uma víbora enroscada, morta, grisalha, irão deixando o rastro do que soube consumir-se durante a noite até não sobrar nada, apenas o cabinho verde no suporte de metal. E na manhã seguinte, Delfa estará na praia, correndo atrás de um guarda-sol que saiu voando e que gira, gira, gira empurrado pelo vento. O guarda-sol se afasta, com o mastro transformando-se em arma mortal que vai se cravando na areia, mas não o suficiente para deter o movimento. Até que alguém o pega. Alguém, longe, um homem o pega e espera que Delfa chegue, já sem fôlego, com a saída de praia se enrolando entre suas pernas.

Onde você está?
Longe.
Então por que consegue me ouvir?

O saldo da perda foi pior do que o esperado. Com o que sobrava na cozinha, em sua maioria sacos de grãos com o logo vermelho da processadora nacional, em pouco tempo não teríamos nada. Os pais de Mauro deviam chegar no dia seguinte, mas o tempo ruim iria atrasá-los. Dois ou três dias mais, calculei, segundo a direção em que virara o vento. Talvez já estivessem na metade do caminho, esperando em algum hotel de estrada e com o canal da meteorologia no mudo perpétuo. Imaginei a mãe de Mauro sentada na beirada da cama, com os joelhos juntos, sobre uma colcha malcheirosa e áspera. Não. Não era seu estilo, mas ela bem poderia dar uma olhada na televisão da cafeteria enquanto tomava um chá de camomila. Quando passasse a tempestade, chegaria carregada de provisões; nada como uma boa tempestade para engordar a culpa.

O alarme deixou de soar enquanto eu terminava de varrer os vidros. Tinha cravado alguns caquinhos no antebraço e pequenos rios de sangue diluído deslizavam por minha pele molhada. Desinfetei as feridas e as cobri com curativos. Não eram profundas, mas me ajudavam a pensar em outra coisa que não fosse a dor contínua do ombro que, depois que o corpo esfriou, tinha inchado e palpitava. Sem o alarme, o que se ouvia eram as folhas das árvores na praça e as persianas se agitando com o vento incipiente. O céu começava a se tingir de uma cor arroxeada, exceto pela fumaça do incêndio que deixava algumas cores opacas. Mauro tinha adormecido. Fui me assegurar de que não estivesse desnudo, mas como de fato ele estava e eu não queria acordá-lo, apenas o cobri com seu cobertor de dinossauros. Esta podia ser a última vez. Bastaria que eu dissesse à sua mãe que estava de partida, que arrumasse a mala e pedisse a ela que me tirasse da cidade em sua caminhonete blindada. Do interior seria fácil conseguir um certificado de saúde para passar a fronteira. Uma última noite de vento, a última noite com Mauro. Foi um pensamento que talvez não tenha tido nesse instante, e que agora estou inoculando na lembrança desses dias, pois não incluía minha mãe e muito menos Max. Não tinha forças para desejar nada. Ao voltar para a sala, recolhi meu casaco e no bolso encontrei o cartão das Clínicas, com a folha grossa levemente dobrada. Observei o cartão por um momento: juro que pareceu que pulsava em minha mão como um broto vivo.

Está trocando um menino por outro, disse-me minha mãe quando lhe contei que estava me separando de Max. O cartão pulsava, e não me atrevi a rasgá-lo ou a cortá-lo. Tentei com as mãos deixá-lo o mais desamassado possível e o coloquei sobre a geladeira, debaixo de um prato de cerâmica que muito tempo atrás continha frutas. Tive ânimo apenas para chegar outra vez à sala, ligar a televisão e me jogar no sofá.

Fui direto buscar notícias sobre o incêndio. A essa hora, o canal três e o nove só passavam filmes velhos e, no canal do Estado, um sol elíptico girava na esquina direita como uma empanada com pelos. Repetiam um desses documentários sobre a nova processadora, dessa vez sobre a seção avícola, marcada em amarelo no mapa. Na margem inferior da tela, circulavam letras brancas com a mensagem: *Alerta máximo, ventos fortes*. Acima, uns frangos depenados pendiam de ganchos, que avançavam por correias sobre a cabeça das operárias. Os frangos enfraquecidos, obscenos, caíam em uma esteira transportadora. Uma operária os acomodava, tocando-os sem ternura. Também nela haviam tocado assim, como se fosse um frango destinado a ser carne separada mecanicamente, a ser um nugget congelado. Mas ao menos tinham tocado nela, ao menos ela existia e outras mãos podiam testemunhar. A cabeça do frango pendia flácida como uma flor na ponta de um talo partido, mas não havia tempo para pôr a cabeça em outra posição. A esteira transportadora já trazia outro frango e esse corpo também precisava ser tocado com luvas de borracha, com essa camada plástica da indiferença. Muito rapidamente este também entraria na máquina; a pressão faria que a carne, os tendões e os olhos se separassem dos ossos frágeis. Amassada a carne macia, sairia transformada em uma massa uniforme pelos buracos da máquina, similar a uma grande peneira. Essa era a verdadeira transformação da carne, o verdadeiro aproveitamento da matéria. Dentro da máquina, todos os frangos eram iguais, a mesma carne, carne de sua carne, e ao sair do trabalho, ao deixar as luvas e o avental, e a touca e a máscara em uma bacia de desinfecção, uma bacia para tudo que foi usado e abusado, a operária pensaria com alívio no saco de nuggets congelados que poderia levar à sua casa. Faria fila com as outras operárias, novamente vestida com sua roupa cotidiana, para que a chefe olhasse dentro de sua bolsa, e, na janelinha dos selos, pudesse comprar o pacote de nuggets pelo preço de custo, ou até levá-lo grátis, se algum deles tivesse uma falha de qualidade: eram os mesmos nuggets do supermercado que as senhoras do interior comprariam pelo dobro ou triplo do preço, só que feios, mais amorfos, mais indesejados e descartados, porém a mesma carne de frango amassada, unida mecanicamente. A operária entraria, com seu pacote de nuggets, em um táxi privado, pagaria um montante alto demais apenas para não se expor ao vento vermelho, e no carro pensaria que nada estava tão ruim apesar de tudo, que era possível seguir vivendo. Talvez fizesse alguma piada com o motorista, ou talvez não, melhor ir em silêncio, olhando a nuvem que traga a rua enquanto em uma casinha de teto triangular, parecida com uma cabana suíça com flores autóctones, bem longe dos rios infestados, outra mulher abriria um pacote de nuggets e os colocaria para fritar em sua nova *air fryer*. Seriam igualmente crocantes, mas sem os efeitos indesejáveis do azeite.

Tive de baixar o volume, porque o vento soprava tão forte que cobria o som da tevê. As árvores pareciam se quebrar como dobradiças velhas. Em pleno dia, fez-se de noite, com uma escuridão vermelha, como sangue coagulado. Antes, quando vivia com Max, nossa janela dava para o pátio de uma escola. Na hora do recreio, os gritos das crianças me desconcentravam do trabalho: Mar!, Onda!, Terra!, Mar! Maaaar! Às vezes, eu as odiava. Não sabia que mais terrível seria estar só com o som da natureza, sua profunda indiferença. Eu nem sequer conhecia o jogo que as crianças cantavam. Mar! Onda! Terra! Uma só vez, Delfa tinha ido com a gente a San Felipe, e esse foi o verão que a onda a derrubou. Estava parada na beira, vigiando-me, enquanto eu brincava de furar ondas com uma pranchinha de isopor. A água nem sequer chegava à metade de sua coxa, mas a onda a levantou. Vimos que ela desapareceu da beira e só voltou a aparecer seu corpo caído, o cabelo todo bagunçado, escuro, como um lobo morto na areia. Os adultos a ajudaram a se levantar. Seu maiô tinha descido, destapando seu seio grosso, com um mamilo grande e rosado. Ela, atordoada, se deixou ajudar. Depois me disse que tinha visto tudo amarelo e turvo, e que talvez fosse assim que a morte se mostrava, não negra, mas amarela, e com esse silêncio de motor longínquo. Delfa me disse: não tive tempo nem de sentir medo.

Naquela época, já devia estar doente, mas ninguém sabia. Nós duas nos sentamos na areia molhada. Ela havia afundado os pés em uma pequena poça que tinha ido escavando com os calcanhares; olhava ao redor. De repente, as cores lhe pareciam mais bonitas, me disse, mais brilhantes. As coisas tinham cobrado uma nova vida.

Com Delfa, brincávamos de elástico. Seus dedos abertos, as palmas para a frente, os nós dos dedos tortos. Os dedos de minha mãe abertos também. Os dos pés, separados por bolas de algodão, as unhas pintadas, os calcanhares apoiados sobre a quina da mesinha em frente à televisão. Eu tinha que passar as coisas para ela: era nosso jogo. Ela me teve por acidente, e isso lhe parecia providencial. Repetiu-me isso várias vezes. Segundo ela, não havia outra maneira de assegurar a alguém que não tivesse nascido para servir de consolo alheio, para justificar todas as suas decisões equivocadas.

Uma vez, pouco depois que seu Omar me levou para percorrer a velha fábrica e me mostrar as máquinas pelas quais escorria a gosma rosa, neguei-me a comer umas salsichas que minha mãe tinha fervido e cortado em rodelas. As rodelas estavam embebidas em uma poça de mostarda, mas eu me neguei a comê-las, e ela as meteu à força em minha boca. Apertou minhas bochechas, enfiou-me as unhas recém-pintadas na face e encaixou o garfo cheio. Eu comecei a chorar. Doeu, eu disse entre lágrimas. Sim, eu sei que doeu. Por quê?, gritei, por quê? E ela disse: porque sou sua mãe.

E depois da fome e da sede, de dias e dias de solidão, você vê passar uma formiga, olha para ela como se nunca tivesse visto uma formiga antes, e se dá conta de que ela não sofre. Tudo isso para descobrir que as formigas não sofrem? Tudo isso para descobrir que quem olha não sou eu.

Aquela foi a pior tempestade desde o início do vento. Duas árvores caíram na praça. O vento uivou a noite inteira. Parecia que ia arrancar as paredes. Por um momento, pensei até que o prédio todo cambaleava. Imaginei o pior, e ao mesmo tempo me pareceu uma boa imagem, pensei no alívio de que tudo acabasse. Imaginei um buraco debaixo dos escombros, uma caverna de onde não se ouviria o vento nem entraria a névoa, e esse seria o descanso. As linhas de telefone amanheceram mudas. O porta-voz do Estado assegurava que os técnicos estavam trabalhando para reconectá-las. Os do interior também estavam sem serviço. A torre central ficava na cidade e estava, como diziam as notícias, gravemente afetada pelo vento vermelho.

    Pela manhã, quando abri para ventilar, entrou um ar rançoso e tive de fechar quase em seguida porque começou a me dar náuseas. Liguei a televisão e procurei pelo jornal das dez. Falavam sobre El Príncipe, a quantidade de antenas e árvores caídas, mas ninguém falava absolutamente nada sobre o incêndio ou sobre o cheiro nauseabundo que a névoa espalhava. Só foi ao meio-dia que a transmissão se interrompeu e apareceu o ministro em cadeia nacional diante de um enxame de jornalistas e microfones. Disse: sinistro, revés, contingência, e, como em uma alucinação, ouvimos que ele anunciava o impossível: o incêndio da nova processadora. Do público se alçou um murmúrio e um movimento dos repórteres, como pássaros enlouquecidos, chocando-se entre si. Agitavam papéis e gravadoras. O incêndio tinha ocorrido às onze da manhã do dia anterior, disse o ministro. Reluziu seu dicionário de palavras escorregadias e inofensivas, de nomes técnicos, mas com pouca convicção. Todos já tínhamos visto a fuligem, todos tínhamos patinado sobre a superfície escura e aspirado fumaça tóxica, e agora também entendíamos que, da fantástica processadora nacional, não restava mais do que um monte de cinzas. O cheio nauseabundo vinha daí, dos animais e químicos carbonizados, das bacias esturricadas como velhas panelas de alumínio. O ministro estava encolhido, feito uma uva-passa em sua cadeira, e mal levantava a cabeça para enfrentar a câmera. Disse: não se registraram vítimas fatais. Falava com o desamparo de um menino que acabava de perder seus pais, e é certo que o incêndio da processadora nos unia em um tipo de orfandade. Pensei nos animais: ninguém os considerava vítimas. Tinham se salvado de se converter em gosma rosa, mas não haviam sobrevivido ao fogo. Assim brincava o destino.

O incêndio já levava mais de vinte e quatro horas carcomendo as entranhas de aço na fábrica, porque a tempestade obrigou os bombeiros a interromper o trabalho. Era impossível sair com tanto veneno no ar. Lá fora, os helicópteros do Exército sobrevoavam o calçadão do porto. As salas de emergência estavam abarrotadas de doentes respiratórios. Passei horas, nesse dia, em frente à tevê. Era curioso como o pânico igualava os rostos — os olhos muito abertos, rasgando a pele fina das pálpebras, as bochechas côncavas — e nos dava também a todos um ar de família. O que vamos fazer? A pergunta se repetia como uma invocação, e para os jornalistas lhes custou encontrar algum especialista que pudesse trazer a calma e que nos presenteasse com algum bálsamo de palavra enganosa. Cada vez que se falava das Clínicas, meu coração corcovava como um motor afogado. Talvez esse fosse o único sinal de que eu continuava viva, o desejo de Max que se resistia a morrer, mais letal do que qualquer bactéria. Falavam da qualidade do ar, de evacuar os doentes, mas os do interior não queriam recebê-los em seus hospitais. Ninguém mencionava os crônicos.

Mauro continuava sem sair do quarto. Não estava de castigo; fazia tempo que eu tinha entendido como era inútil castigá-lo quando quem agia mal era sua doença. O que tinha para aprender? Dominado pela genética, inocente como um coelho. O impulso para ele era esse buraco sem fundo, essa força centrífuga que absorvia tudo, inclusive ele mesmo.

Já no final da tarde, a névoa se instalou de novo. Na televisão, diziam que o incêndio estava controlado. Já não dava para ver também as árvores caídas da praça. Era tudo uma nuvem, espessa, baixa, mas só uma nuvem, e me tranquilizava pensar assim. Levantei-me do sofá e fui outra vez ao quarto de Mauro. No piso, encontrei o prato que eu tinha lhe levado fazia umas horas, limpo, como se o tivesse limpado com a língua. Ele brincava ao lado da cama com seus blocos de Lego. Tinha vestido sua camiseta favorita, meio amassada, e um short de praia que lhe apertava um pouco o elástico no quadril.

— É um navio? — perguntei.

Ele nem sequer olhou para mim. Tentava colocar uma peça amarela em formato de Z sobre outra peça vermelha.

— Castelo voador — disse depois.

Eu me aproximei, medindo sua reação.

— Não quer pôr umas meias?

Disse que não. Acabava de colocar a segunda asa amarela em seu castelo voador.

Sentei no chão a seu lado. Toquei seu pé, frio, e ele não o retirou. O peito do pé, estufado, parecia um peixe tentando respirar fora d'água.

— Deixe eu ver sua barriga — disse, e me inclinei para levantar um pouco a camiseta dele. Não tinha hematomas, só um arranhão pouco significativo nas costelas. Eu sim tinha um hematoma enorme no quadril, que se estendia como um desenho de um país novo, e o ombro ainda levemente inchado. Fiquei ali, a seu lado, com a cabeça entre os joelhos. Mauro murmurou algo.

— A gente entra aqui, dirige aqui e sai por aqui.

Olhei para a janela de seu quarto, um retângulo com uma grade de proteção.

— A névoa baixou — eu disse.

— O castelo vai entre a névoa — disse ele.

— Quem é o piloto? Você?

Bamboleou a cabeça ao mesmo tempo em que levantava o castelo e o fazia girar no ar, imitando o ruído de um motor. Tinham de vir buscá-lo, mas as estradas provavelmente seguiam fechadas.

— Sabe o que há acima das nuvens?

— Navios — respondeu.

— Não, navios não. Há estrelas, luzes. E outros planetas.

Ele seguia em seu transe do jogo, refugiado em um lugar inacessível para mim. Anos de vida e de desconfiança me separavam desse terreno onde tudo era possível, a fantasia que melhorava o mundo e o transformava em um espaço habitável e bom.

— Você tem vontade de ver os cavalos? — perguntei. — Sua mãe já está para chegar e te levar. Você vai andar a cavalo e ver as mulinhas.

Mauro não fez nenhum gesto; como se não me ouvisse, como se não se lembrasse da vida no campo. Nunca mencionava sua mãe. Nunca me falava desse tempo que nos separava. Eu me pergunto como seriam suas recordações, sua ideia de passado, ou se por acaso a doença o mantinha em um eterno presente, um aqui e agora feito de fome e de ansiedade. Deixei-o brincando e fui até a cozinha. Ao passar, levantei o telefone. A linha continuava morta.

Você está brava.
Sim.
Está brava porque partiu ou porque quer voltar?

Um grupo de mergulhadores entrou no rio para investigar o assunto dos peixes, que foram expulsos pela água como se se tratasse de um gigantesco estômago. Seguiam ordens do Ministério da Saúde. Levavam instrumentos e mapas. Deviam recolher amostras do solo, das algas, do mistério que dormia no leito do rio. Mas o estômago também expulsou os mergulhadores, untados em seu ácido. Foi uma expulsão silenciosa. Acreditavam que estava tudo indo bem, saíram com seus frasquinhos e sorrisos, e tiraram a foto oficial, que circulou em todos os meios. Só uns dias depois começaram os sintomas; José Luis Amadeo foi o primeiro, como um anúncio funesto do que esperava também aos demais.

Não houve milagres entre os mergulhadores, e as exéquias foram realizadas com todas as honras da pátria. Transmitiram-nas ao vivo, inclusive: os três caixões iam embrulhados na bandeira. As câmeras enfocaram o panteão nacional, as belas tumbas, as flores que se agitavam no ar tempestuoso, o rosto sério dos ministros. O cabelo dos ministros se agitava, a gravata do presidente não queria se manter no lugar, e ele tinha que sustentá-la com a mão, como se estivesse segurando o próprio coração e os pulmões. A tempestade vinha se anunciando desde a manhã, mas todos acreditávamos que aguentaria até depois do funeral. Por que acreditávamos nisso? Porque as famílias estavam presentes. Na primeira fila, reconheci a mãe de José Luis; não tinha mudado tanto, só parecia mais baixa, mais larga, menos imponente do que os braços gordos que nos passavam os bolinhos por uma janela. A seu lado, outras mulheres, mães, irmãs, e outros filhos dos mergulhadores de San Felipe, agora já homens, também mergulhadores eles mesmos. Vimos os punhos apertados, o reflexo dos caixões nas lentes escuras dos óculos de sol, as franjas das bandeiras. Os únicos olhos à vista eram os do presidente: secos. Mas antes de que a cerimônia terminasse, a tempestade começou. Uma tempestade dessas com raios e ventos, mas sem a mínima chance de chuva. As flores voavam. As bandeiras se levantaram como lençóis e faziam ondas, possuídas, deixando ao descoberto a madeira lustrosa dos ataúdes. Em um dos três estava o corpo de José Luis, meu amigo de infância, o primeiro mergulhador que entrou nas Clínicas para não sair mais. Vimos um homem correr para prender as bandeiras, que estavam a ponto de alçar voo, como se o vento também pudesse levar as almas, e logo vimos que o presidente se apurava em se resguardar, escoltado por seus guarda-costas que o enfiaram em um carro presidencial e o levaram dali junto com os ministros, enquanto os raios caíam no horizonte.

O primeiro vento vermelho, feroz, elétrico, arruinou as exéquias dos mergulhadores. No dia seguinte, o presidente decretou a evacuação das zonas costeiras. Os principais postos do Estado construíram suas casas nas ladeiras de alguma diminuta colina do campo chato e eterno, e de lá começaram a dar ordens. Foi assim que teve início a nova história oficial.

Quando se lê livros de história, tende-se a esquecer que alguém esteve ali. Alguém de carne e osso, e, nesta história, esse alguém sou eu. Eu estive ali quando apareceram os peixes; fui até a praia Martínez e vi a areia coberta de peixes que pareciam lixo atômico, trocinhos de lata e vidro trazidos pela maré. E vi os meninos que brincavam entre eles. Tinham descido e caminhavam nessa areia nova, feita de carne, pisando com cuidado, agachando-se para observar de perto as bocas abertas e os olhos secos. A onda minúscula vinha e os arrastava para dentro, dando uma breve ilusão de vida, para logo despejá-los novamente na areia, como qualquer garrafa velha. Muitos outros peixes flutuavam na água. Como a areia estava saturada, as ondas já não podiam se desfazer de todos. Vi os meninos brincarem sem máscara nem traje especial, e vi os adultos rebuscarem entre os peixes da beira para ver se encontravam algum que estivesse boqueando para encher seus baldes. Somente quando chegaram os do Ministério é que expulsaram as crianças e fecharam a zona. Isso saiu na televisão, a faixa amarela rodeando a praia e as pessoas amontoadas lá atrás, curiosas, mas a salvo. Vi o presidente em cadeia nacional anunciando a evacuação dos bairros costeiros. Sobretudo, calma, disse, o Ministério da Saúde está trabalhando. Mas as pessoas não o escutavam, porque passaram a fugir de casa, a fazer as malas, desligar seus eletrodomésticos da tomada, amontoar dinheiro e joias, o dinheiro em rolos gordos que metiam entre a roupa e a pele suada, as notas se umedecendo dentro das cuecas ou do sutiã ou das meias, os dedos em que não cabiam mais anéis, as mãos como um carnaval de pulseiras. E quando a cadeia nacional terminou e começou a tocar o hino, as pessoas já estavam abastecendo seus carros, tapando janelas, tirando seus diplomas das paredes. Estavam apertando os cintos de segurança de seus bebês e arrastando como podiam seus velhos, ainda que eles dissessem que prefeririam morrer onde tinham nascido. Por que todos queremos morrer onde nascemos? Para que, se de todo modo nada mais será igual, tudo já estará mudado até se transformar em um território desconhecido? Arrastaram os velhos, mesmo que para isso tenha sido preciso quebrar suas bacias para levá-los, e então a cidade colapsou, os carros ficaram presos no único e monstruoso engarrafamento de nossa história. Só que eu olhava tudo da calçada, parada junto a muitos outros que também tinham saído para presenciar o espetáculo, a ser testemunhas de algo que ainda não conseguíamos entender. Quantas dessas pessoas seguirão com vida? Quantas terminariam nas Clínicas, de um jeito ou de outro? Ah, mas aquilo era um verdadeiro espetáculo; tinha que ver, um sofá de ponta-cabeça preso no teto, um aspirador saindo pela janela, um colchão amarrado atrás junto com a bicicleta infantil. Os rostos grudados nos vidros, as mãos sujas das crianças contra o vidro traseiro. Os cachorros latindo pela frestinha das janelas. E o concerto de buzinas.

A caravana seguiu assim, presa, avançando lentamente, tanto que parecia uma ilusão de ótica de absoluta imobilidade. Mas avançava. Em três dias, as ruas voltaram a se esvaziar, as câmeras de televisão mostraram as estradas silenciosas, cheias de lixo que as pessoas tinham atirado pelas janelas de seus carros, e o caos se trasladou a outra parte, aonde eu não estava nem estive. Não estou. Passou a ser uma história alheia, contada por outros que, por sua vez, disseram: eu estava aí.

Foi assim que aconteceu.

Foi preciso que outras duas semanas se passassem antes de aceitar que os pais de Mauro não viriam buscá-lo. Que não era pelo incêndio nem pelas estradas nem pelas linhas de telefone mudas. Finalmente, eles tinham abandonado o filho. Posso dizer que me surpreendeu? Em retrospectiva, tudo está cheio de minúsculos sinais de aviso. Nos dias seguintes, dediquei-me a racionar comida e a esperar que o veneno do ar cedesse o suficiente para sair e buscar um armazém clandestino. Tivemos de comer pouco, eu menos do que Mauro, que se manteve estranhamente dócil apesar da fome e das porções cada vez mais reduzidas, da comida seca e monótona, do constante sabor de gosma rosa aferrado ao paladar. Assim, de qualquer modo, foi um tempo de calma. Dias sem pensar em minha mãe ou em Max. A vida enfocada como um funil em Mauro, em seu estômago, em suas queixas noturnas. Agora sentia o cansaço como um abscesso, uma dor encapsulada e cheia de pus que não encontraria alívio exceto mediante um talho. Não havia espaço para mais nada. Eu não tinha um plano alternativo e uma parte de mim imaginou que assim seria a nova vida. Por que não? Sitiados pelas algas, afundando em um pântano de névoa.

Os níveis tóxicos do ar se mantiveram tão altos que nem os caminhões patrulheiros circulavam pela cidade. Eu soube disso pela televisão. Os drones do canal do Estado sobrevoavam as ruas, sem poder se elevar mais do que o primeiro anel, e mostravam imagens dos bairros desolados, a espuma suja do rio rodando como chumaços de cabelo no passeio da costa. Resignamo-nos à espera, e essa espera, de algum modo, se parecia com fé. Fé de que a névoa baixaria novamente. Quando? Algum dia. Até que um dia aconteceu.

Eu te pedia muito pouco.
Mas você queria tudo.
Eu te pedia pouco.
Mas você me proibia que eu te exigisse algo.

Saí pela tarde, quando a névoa chegou a seu ponto mais espesso. Caminhei devagar as duas primeiras quadras, buscando sinais, adaptando-me à opacidade que cheirava a lixo fermentado. A desolação já não era algo que pudesse se definir pela ausência de pessoas. Também os sons tinham caído em uma caixa acolchoada e eu tive a impressão de que nem eu mesma seria capaz de gerar ruído algum. A névoa compacta, firme como um músculo, se apertava contra meu corpo e formava uma espécie de roupa sem contornos. De trás, de longe, chegou até mim o ronronar de um motor. Impossível ignorá-lo nesse silêncio de tumba, e ainda assim fingi não ouvir até que um carro vermelho e descascado, com manchas brancas que carcomiam a pintura, avançou lentamente perto de mim. O tecido da névoa parecia resistir ao movimento, mas ele forçava sua tromba vermelha, sua mancha de cor desgarrando a monotonia cinza. Detrás da janelinha, o homem me olhava. Não me passou confiança: sua cara de policial disfarçado, quadrada demais, limpa demais, o volume de seus braços arrebentando as mangas de sua camisa e umas mãos penugentas no volante. Ninguém mais tinha tanta comida no corpo para se ver assim. Entre os taxistas, falava-se de esquadrões de limpeza sanitária que recolhiam vagabundos e desapareciam com eles. Talvez os levassem às Clínicas, que era quase a mesma coisa, mas esses homens e mulheres não voltavam a ser vistos dormindo nas ruas. Apurei o passo e lhe fiz que não com a mão. Ele se manteve uns metros atrás, com os faróis acesos. Tinha feito sua aposta e eu era a perdedora. O ruído dos pneus de borracha sobre o pavimento, como uma serpente que se arrasta por uma pastagem, quebrava o ar, mas eu conhecia o bairro, sua cartografia de vielas e becos sem saída, e me lembrava de que, passando a esquina, havia um edifício sem tapumes. Caminhei fingindo toda a naturalidade que me permitia o corpo até chegar à porta do edifício, duas folhas altas de madeira desgastada.

 Lá dentro, um frio desabitado me recebeu, onde a névoa se aligeirava como uma estela de fumaça que chegava de longe. Dei uns passos sobre escombros e lixo, e fiquei ali, escondida atrás de uma das folhas da porta, escutando o barulho do motor que ronronava. Cada som se distinguia, afiado e nítido, como uma paisagem. Ouvi o motor desligar e a porta do carro que se abriu e fechou com um golpe. O silêncio tragava agora os passos do homem, que talvez estivesse ali na porta, esperando alguma pista. Depois pude distingui-los. Eles se aproximavam. Mas justo quando acreditei que entraria no edifício, as pisadas se tornaram mais esponjosas e, em seguida, desapareceram. Sem respirar sequer, tentei olhar pelo espaço que abria a dobradiça da porta. Uma linha de claridade, mas não o suficiente para ver algo, exceto uma sombra que, de repente, interrompia a luz e voltava a liberá-la. O homem se movia do lado de fora. Terá me visto entrar? Agora o ruído de náilon, algo plástico que era espremido e, de novo, as pisadas esponjosas, a porta do carro que se abria. Náilon, sim. Náilon espremido. Uma mão que se fecha sobre o náilon, algo plástico, e depois um golpe seco, como pás de areia. Demorei um tempo para decifrar que o homem carregava alguma coisa e que essa coisa eram sacos de lixo. Foi e veio, até que supus que teria enchido o porta-malas, pois a porta se fechou com um golpe definitivo e ouvi que ele entrava no carro e ligava o motor. Os pneus crepitaram sobre o asfalto velho e lentamente o automóvel foi se afastando.

Esperei que a caixa de ovos em que a cidade tinha se transformado o absorvesse por completo, e até um momento mais, um tempo exageradamente longo. Não tentei adivinhar que coisa ele poderia esconder por trás do negócio dos sacos de lixo, mas sim pensei na cidade como uma imensa zona franca sujeita a uma economia sempre cambiável e misteriosa. Não se ouvia mais nada. O silêncio era doloroso. Quem poderia ter imaginado o buraco auditivo de uma cidade sem insetos, sem zumbidos, mas também sem buzinas, sem o ruído seco do elevador ou o murmúrio de vozes longínquas, sem toda a artificialidade daquilo que — agora entendo — chamávamos vida. Então pareci ouvir passos no edifício; acima, me pareceu. Podia se tratar de uma alucinação, uma miragem sonora, porque o silêncio faz isso com os ouvidos, mas no fundo do corredor se enroscava uma escada arruinada, cuja parte superior se fundia na penumbra.

Esquivei-me de uma cadeira de pés para cima e mais pedaços de madeira queimada. Havia ali cinzas de fogueiras, madeiras queimadas se desintegrando em carvão. Os restos de um saque, o destino de todos os prédios abandonados. Subi lentamente, aguçando o ouvido. O silêncio estava ali com toda a sua brutalidade, e cada um de meus passos comprimia um entulho de cal ou um pedaço de vidro. O que eu procurava? Era óbvio que ali não encontraria nenhum armazém clandestino. No primeiro andar, todos os apartamentos tinham a porta arrancada do batente. Lá dentro, espaços sem tomadas nem molduras, nem encanamentos, fuligem nas paredes, grafites, vidros quebrados, as dobradiças corroídas pela umidade. Percorri as entranhas do edifício; era impossível que alguém vivesse assim, sem janelas nem proteção alguma contra o vento vermelho. Quando me virei para sair, achei que algo acabava de se mover na escada, no vão que levava ao segundo andar.

— Tem alguém aí? — disse.

Nem sequer um eco.

— Estou procurando um armazém — segui dizendo. — Comida.

Aproximei-me da escada, olhei para cima, para os degraus cobertos de escombros e ferros. Um cheiro nauseabundo se elevava do andar. Subi assim mesmo, tentando não tocar as paredes, mesmo que fosse difícil manter ali o equilíbrio. Buscava com o pé um espaço firme onde apoiar antes de dar o passo seguinte. Um musgo ocre crescia nos buracos abertos das janelas. Seria isso que fedia? Tive de subir o cachecol por cima do nariz e, assim, só senti o bafo de meu hálito. O musgo avermelhado tinha minúsculas folhas redondas e gordas, inchadas de água.

No segundo andar, a situação não era muito diferente: apartamentos arrasados, sem portas, exceto por um, cuja porta estava encostada. De perto, vi que era uma espécie de enxerto e que não encaixava completamente no buraco original. Pelo espaço aberto não era possível ver nada, mas acreditei ter reconhecido o roçar de um tecido, como se alguém tivesse cruzado as pernas ou se virasse na cama.

— Tem alguém aí? — disse e empurrei um pouco a porta com o pé.

Continuei empurrando até que tivesse uma abertura suficientemente grande para passar de lado. Meti o ombro primeiro e, quando metade do corpo já estava dentro do apartamento destroçado, com as paredes manchadas por inúmeras fogueiras, vi a gaiola. Junto a uma janela sem vidro, só coberta por um náilon opaco que não filtrava luz, uma gaiola branca, grande, de barras e ornamentos finos, um pouco antiga, mas elegante, e dentro dela um animal — um pássaro? — quieto, assustado.

— Olá — eu disse. — Boa tarde.

Voltei a ouvir o roçar, agora com clareza; o pássaro se moveu, uma leve e monstruosa sacudida de asas. No piso, entre os escombros, restos de madeira feito carvão, garrafas de plástico vazias, algumas cortadas para servir de vasilhas; também havia um colchão sem lençóis nem mantas, afundado no meio, com alguns buracos no tecido pelos quais emergiam bolhas de espuma amarela. O cheiro era ainda mais putrefato à medida que eu me aproximava da gaiola. Depois vi que, não muito longe do colchão, não muito longe também de uma panelinha preta de fuligem, havia excrementos humanos. O pássaro me pareceu outra alucinação, mas quando, por fim, fiquei de frente para a gaiola, soube que era real, que o pássaro estava moribundo, com umas deformações brancas no bico e nos olhos. Era impossível que ele me visse, porque essa substância purulenta lhe impedia de abrir os olhos, mas intuiu minha presença e se agitou.

— Quem precisa tanto de você? — disse, e minha própria voz me deu pavor.

Vi o pássaro estremecer e fazer um ruído de arrulho com as penas opacas que alguma vez tinham sido azuis, talvez iridescentes, exóticas como pérolas, mas que agora eram cinzentas e mal podiam se agitar com esse estremecimento que lhe percorria o corpo e que era seu único sinal de vida. Desenganchei o pequeno arame que trancava a porta e abri a gaiola; uma porta alta, com altura suficiente para que o pássaro saísse sem baixar a cabeça. Mas ele não se moveu. Tinha as asas cortadas, mortas. Fiquei ali um minuto, olhando-o, e em seguida descartei a ideia de levar a gaiola. Tive a sensação de que meu nariz coçava, de que minha garganta ardia, como se a substância esbranquiçada do pássaro pudesse ter me contagiado. Isso foi o que senti, que logo teria as pálpebras grudadas, carcomidas pelos fungos, fechadas para sempre diante de toda essa podridão, por fim, também eu apodrecendo, a garganta em chagas, o nariz em carne viva. Quantos ventos mais faltariam para soltar o pássaro? Quanto mais para me soltar?

Deixei a gaiola aberta e saí dali. Desci as escadas o mais rápido possível, tentando não tropeçar, e outra vez a rua me recebeu, com seu resplendor monocromático. Sentia-se o ar limpo em comparação com a fetidez que se cozinhava lá dentro. Desci pela avenida San Jerónimo. A névoa se movia no mesmo ritmo que eu, como um cachorro fiel do qual eu só conseguia vislumbrar uma parte do dorso gigantesco e cinzento, sempre interposto entre minha visão e as coisas. Voltei a dobrar, dessa vez na Asunción Norte. Nem uma janela aberta com dissímulo, nenhum vigilante, nada que eu pudesse interpretar como um indício de atividade clandestina. Sobre uma porta, alguém tinha pintado uma caveira branca. Outras portas tinham sido forçadas. A rua estava intransitável, coberta de cabos de luz caídos, e nenhum carro voltou a me seguir.

Ao longe, pensei ver uma figura, um volume comprido e estreito perfurando a malha elástica do ar. Outra miragem. Respirava com dificuldade. A névoa era agora o cimento que me endurecia os pulmões. Caminhei outro pouco, cada passo era um movimento inútil. Não há nada, e sei que não haverá. No entanto, umas quadras mais adiante, ao olhar para uma fachada dessas casas coloniais com sacadinha de ferro, verei a silhueta de um homem na janela, com a cara grudada no vidro e uma brasa acesa nos lábios. Ao descobrir meu olhar, o homem se esconderá atrás da cortina. Então soará o alarme. O ruído chegará do nada e de todas as partes, como dizem que passa com essas paisagens muito brancas, de neve ou de sal, onde não existem pontos de referência, não há acima nem abaixo, nem princípio nem horizonte.

Voltarei para casa caminhando rápido, com a sensação de que a névoa já começa a se levantar, fina, a ponto de ser apagada pelo vento, e, quando abrir a porta, Mauro estará enrolado no sofá, tapando suas orelhas com as mãos. Vou me deitar com ele. Ele não dirá nada exceto por esse olhar ansioso, esse momento em que os olhos se abrem um pouco mais do que podem e mostram alívio. Eu o abraçarei e o ar de meu casaco inflado se deslocará para o outro lado como quem amassa uma almofada.

— Vento — dirá Mauro.

— Sim, meu amor, é o vento. Nada mais.

Ele terá a pele úmida, não de suor, mas de lágrimas recentes que terão se secado nas dobras de seu pescoço. Palparei essa umidade com o nariz, depois com os lábios. Ele afrouxará a tensão do corpo, os braços me rodearão, e sentirei como seus dedos brincam com a pele falsa que recobre a gola de meu casaco. É como uma cauda de raposa, e ele vai acariciar essa pele, vai penteá-la lentamente, com os olhos fechados. Não foi nada, direi, juro que não foi nada. Sua respiração irá se aquietando, enquanto minhas gengivas destilam sangue e o sangue preenche minha boca.

— Fome — ele dirá.

— Vi um pássaro, sabe? Um pássaro lindo com penas coloridas.

— Tem fome?

— Sim, mas voava por todo o céu. Quer que eu te conte?

Mauro acomodará a cabeça em meu ombro. O buraco negro que leva na barriga vai se contrair um momento. Não durará muito.

Já pensou se você me contasse tudo o que pensa?
Sim.
Então você não ia parar de falar, porque assim que me contasse uma coisa, já teria outra coisa para dizer, e depois outra e outra. Já pensou? Você nunca ia ficar calado.
Há momentos que não penso em nada.
Quando?
Agora.
Mentira: está pensando que não pensa em nada.
Me diga você no que está pensando.
Em pássaros.

Penso nos dias posteriores ao primeiro vento vermelho, o pânico, a incerteza. As ligações dos amigos repetindo teorias contraditórias, cada um aferrado a sua verdade, e logo justificando sua decisão de partir: a vida que vale a pena viver, o corpo do qual vale a pena cuidar. A enumeração desesperada de razões. Para quê? É melhor viver como um rato do que não viver. Era cômico que todos acreditassem que era preciso ter razões. Incapazes de aceitar que vivíamos por puro capricho, talvez por inércia. E para que tinham de vir dizer a mim? Ninguém lhes pedia justificativas, mas todos ligavam dando-as, cotejando estratégias, desenterrando velhos conceitos sobre o instinto de sobrevivência e a preservação da espécie. Telefonavam para que eu validasse suas razões, para que eu os reconfortasse em sua lógica de vida a qualquer preço. E quando se deparavam com meu desinteresse, que era quase indiferença, empenhavam-se em me fazer mudar de opinião me mostrando o lado positivo das coisas, como se estivessem na missão de salvar almas. Depois, seu fracasso os enchia de um rancor tão instantâneo que era fácil entender que, provavelmente, sempre estivera ali; e me culpavam de tudo, inclusive de sua desgraça.

O pior passou umas semanas depois do enterro frustrado dos mergulhadores. Fazia dias que o céu estava encapotado; a temperatura tinha subido em pleno inverno. Falava-se de um veranico. Todos os dias esperávamos a chuva; dizíamos: isso não vai durar, mas de um modo inexplicável o veranico durava e acordávamos com a constatação de que naquela noite também não havia chovido. Víamos como a tempestade se elaborava lá em cima, em um mundo de nuvens negras e redemoinhos, uma batalha dos céus, mas completamente alheia para nós. Enquanto isso, o sopor do veranico nos derrotava, fazia nossas pernas incharem, deixava-nos agonizando na umidade. A tempestade chegou umas noites depois, quando ninguém mais a esperava, quando todos acreditávamos que já não era possível. Lá pelo final da tarde, o céu foi se desfiando, como um tecido resistente que, por fim, começava a ceder, e as gotas se estrelaram pesadas contra o janelão, o mesmo que dava ao pátio da escola.

Max tinha saído, e exceto pela luz do abajur de pé, o resto da casa estava às escuras. Levantei as persianas até em cima para ver a chuva e me sentei na borda do sofá, perto do telefone. Vi meu reflexo iluminado no janelão, as mãos frouxas, os joelhos abertos em uma espécie de losango, e dentro de meu reflexo, ou sobre ele, a cidade abarrotada: tetos de casas, edifícios de distintos tamanhos, mas sobretudo antenas, cada uma vigiando sua pequena porção de espaço, como espantalhos, pensei, espantalhos da cidade. Levantei-me e apaguei o abajur. O vento agitava as árvores; parecia que ia arrancá-las da raiz. De tanto em tanto, um brilho se acendia ao longe, mudo, e era como se a cidade se sacudisse. Imaginei Max correndo para chegar em casa. Pela manhã tinha saído com sandálias, com uma calça fina de verão que lhe marcava os ossos protuberantes do quadril. Você confia no veranico, eu lhe dissera. A chuva ia desabar a qualquer momento sobre a cidade expectante, cada um em sua janela admirando o milagre. Eu seguia quieta na escuridão, concentrada nos holofotes da escola, o único espaço de luz que revelava umas poucas gotas horizontais. O resplendor longínquo e mudo de um tempo anterior estava se aproximando e já não era um fulgor suave que acendia e apagava o céu, mas um relâmpago nítido, uma árvore elétrica que descarregava sobre nós todo o seu caráter vingativo. Contei os segundos entre o relâmpago e o trovão. Ali estava, aproximando-se, o triunfo do inverno. Pouco a pouco o relâmpago e o trovão foram sincronizando. Os raios caíam sobre a cidade, mas talvez não seja preciso dizer que caíam, porque era como se nascessem do centro da Terra e abrissem espaço pelo asfalto arrebentando as calçadas. A cidade transformada em uma flor terrível, um broto que se abria à força, que a recebia com gosto e gozo. Tive medo. Estiquei a mão para pegar o telefone e teclei o número de minha mãe. O timbre soou várias vezes. Era comum que saísse à noite, nunca lhe perguntei aonde ia ou com quem, e ela também não me contava gratuitamente, não por vergonha ou porque se reprovava, mas porque gostava de ter segredos, de saber que existia uma zona dela infranqueável para o resto do mundo. O timbre soou e soou, e mesmo que já estivesse evidente que ela não responderia, também não pude desligar. Imaginei o telefone tocando na escuridão. Podia ouvir a trovejada de lá, e a campainha que enchia o silêncio entre um trovão e o seguinte.

 Assim foi. Mas a chuva nunca chegou. Nunca. E na manhã seguinte, exaustos, sem dormir, acordamos envoltos em névoa.

Me explique.
Por quê?
Quero entender.
E o que acontece se eu te disser que você
já sabe tudo o que há para saber?
Então já sei o final desta história.

Nada é seu até que alguém mais o perde ou o abandona. Soube então, mas não com palavras, como estou apresentando agora, mas sim de um modo muito mais bagunçado e furioso. Aí está: furioso, a mesma fúria com a qual imagino que um frágil caule rompe a casca da semente e abre caminho entre raízes e camadas de terra dura. O que seria de Mauro se alguma coisa acontecesse comigo, o mais mínimo roçar do vento, ou se algum patrulheiro me recolhesse pela rua e me atirasse na porta das Clínicas. O pensamento me abria um buraco de terror no corpo. Podia reconhecer as bordas rugosas desse buraco, apalpando-as pela primeira vez, assombrada e furiosa ao mesmo tempo. Via Mauro sozinho, em casa. Via que ele abria as janelas — ele sem roupa, fazendo alguma dança incompreensível, e o vento vermelho passeando entre os quartos vazios —, ou o via comer até sufocar, rodeado de vômito, afundado no lixão da esquina, ou vagando pela avenida do porto, ao lado do rio escuro como um vinho acre. De repente, já não tinha o direito de arriscar minha vida. O medo ia unido a uma asfixia, uma espécie de claustrofobia de um lugar do qual não podia sair, e esse lugar era eu mesma.

Voltamos a comer grão-de-bico na noite do pássaro. Estavam insossos, banhados em azeite, misturados com um pouco de gosma rosa. Mauro não se queixou, mas depois de um tempo já tinha fome de novo e chupou dois picolés de morango. Depois, em meio a um berreiro, quis abrir a geladeira e terminou rasgando os desenhos dos dinossauros que estavam presos com ímãs na porta. Fez deles picadinho e os pisou, e seu corpo ficou roxo de tanto gritar até ficar rouco. Tínhamos esgotado todas as medidas de segurança, todos os truques. A síndrome tinha fome e era capaz de matá-lo. Nada mais lhe distraía: nem as histórias de pássaros, nem os brinquedos e jogos mais estrambóticos e desafiadores, nem os caramelos que eu fazia para que roesse como pequenas pedras.

Dormimos mal. Os pés de madeira rangiam cada vez que Mauro se virava na cama, e esse chiado me acompanhou a noite toda. Eu me levantei duas vezes para ir ao banheiro. Minha garganta e o nariz estavam coçando, mas, ao me olhar no espelho, sob a luz branca, não encontrei nada além das concavidades suaves de sempre, os lábios secos, com umas pelinhas brancas que se levantam com o frio, e a fina rede de veias azuis ao redor dos olhos. Voltei a me deitar, e pela manhã dei a Mauro minha parte do café da manhã.

Estava pensando em algo que Max dissera certa vez: o que você sente quando se equivoca? Deve ter sido um pouco antes do divórcio, ou em alguma das visitas às Clínicas, porque me lembro que a pergunta me deixou tensa, pronta para receber um golpe. Como?, disse. Quando *comete um erro. O que sente?* Eu sabia o que ele sentia: ira, porque já o vira dar pontapés nas coisas ou deixar cair o punho contra a mesa até que os copos também caíssem, já o vira ficar literalmente cego de raiva e abrir cortes em seu próprio braço, fora de si, e logo voltar como um cachorro ferido, manso, buscando minha mão, meu silêncio. Esse era o Max que ele desejava aniquilar mediante gurus e exercícios, mediante viagens e visões, mas também era o Max que tinha me amado ou, ao menos, que tinha necessitado de mim. Mas eu, o que eu sentia quando me equivocava? Raiva não, outra coisa, que me tornava frágil e me fazia sentir estúpida. Era como quando ouvia a voz de minha mãe me pedindo que lhe trouxesse isso ou aquilo, que lhe trouxesse o balde de gelo e colocasse com muito cuidado os cubinhos dentro de seu copo. Não molhe o piso todo, dizia ela. Os cubos de gelo escorregavam de minhas mãos e o balde de metal grudava em meus dedos, e arrancá-las significava perder também a pele. Vergonha, disse, mas Max sinalizou com a cabeça dizendo que não. Isso você sente depois, disse, mas no primeiro instante em que você está se equivocando, não sente nada. Era como o assunto do coiote e do papa-léguas, disse, quando o coiote seguia correndo mais além do precipício, com as patas girando a toda a velocidade no ar. Enquanto o coiote não olhava para baixo, enquanto não notasse que estava no ar, sem que houvesse terra abaixo dele, ele não começava a cair.

 Algo assim suponho que aconteceu então: por fim, eu tinha entendido que não havia um piso sob nossos pés. Se não conseguia encontrar comida, eles tinham razão... Eles, quem? Todos. Todos eles. A voz de minha mãe dizendo: você é teimosa como ninguém mais. E voltei a sentir a presença do ser defeituoso que habita em mim, uma boca escura que se abria e fechava. Por momentos eu pensava que o ser defeituoso e eu éramos a mesma coisa; outra vezes, via-o como um parasita que queria me substituir. A boca escura falava, dizia que eu era imprestável, sempre afundada no caldo morno e lamacento de minha vida, e que deveria ceder às suas ordens. Penso nos helicópteros dos parques de diversões: as crianças se acomodam em seus assentos, e movem alavancas, pressionam botões, a mesa de controle pisca em um jogo de luzes coloridas e o helicóptero sobe e desce, dá voltas e voltas. A ilusão do brinquedo é tão perfeita que as crianças não percebem que não são suas ordens que movem o helicóptero, mas de outro alguém, guiando em segredo os braços metálicos que os fazem girar, enquanto eles celebram e temem.

    É assim que terminam as coisas? Um final é só a constatação de que alguma coisa mais começou. Eu resistia a ver esse novo começo, como tinha resistido a todos os começos, desde sempre. Resistia a juntar o dinheiro de meu cofre e abandonar a cidade; resistia a cumprir minha fantasia falsa de resgatar minha mãe e fugir ao Brasil. E em minha fantasia falsa, minha mãe me agradecia: se não fosse por você, eu a ouvia dizer, e depois minha prima Cecilia, a professora, todo mundo: se não fosse por ela, minha filha... Era idiota, nada mais do que a ilusão dos helicópteros de brinquedo, porque quanto faltava para que as algas chegassem lá também? Inclusive se eu conseguisse os certificados de saúde para nos tirar do país. O mesmo mar envenenado nos unia. Então o quê? A melhor saída de um labirinto é sempre por cima. Isso dizia Max. Minha mãe dizia: você constrói labirintos sem saída.

Tentei de novo, desta vez com outra rota em mente. Ia me afastar do porto e caminhar até o Obelisco pelas ruas laterais, talvez nos arredores das praças. E se não conseguisse... Até aí chegava meus pensamentos. Desci em direção ao Hotel Palacio e passei ao lado da livraria lacrada atrás de uma cortina de metal. No fundo da rua, o neon do hotel piscava. A névoa nos mantinha enterrados até o pescoço, mas o resplendor verde e vermelho pulsava como uma mancha difusa, despojada de qualquer brilho. Só uma mancha de cor, uma mancha verde, uma mancha vermelha, o verde e o vermelho formando uma espécie de aurora boreal, marcando o corpo cinza da cidade. Avancei em sua direção, como uma traça, e no caminho passei em frente à vitrine vazia do velho antiquário. Parei por um segundo para olhar, mas a única coisa que vi foi minha própria sombra refletida, com o casaco que me fazia parecer uma boneca deformada, um desses gigantes infláveis que se mantinham de pé graças a um sopro de ar que subia e descia da base e os punha para dançar e dobrar desarticuladamente. Meus bolsos estavam cheios de dinheiro, mas para quê? Eu não conseguia comprar nem um pacote de arroz. Quem diria. Posto de certa maneira, qualquer coisa pode se ver como uma ironia. O dono do antiquário tinha sido um velho italiano que dizia ter pertencido a uma família aristocrática. Seu apelido era Conde. Outros contavam que era um viciado em jogo e que chegou ao país fugindo das dívidas. Se era assim, tinha experiência com fuga. Às vezes eu parava para conversar com ele, me dizia *carina*, e certa ocasião me presenteou com um cartão-postal antigo, desses em que pintavam de vermelho as bochechas e os lábios das pessoas. Ele dizia ser uma velha raposa, e apontava para a raposa dissecada que tinha sobre a mesa. Um dia, passei em frente ao antiquário e já não sobrava nada, nem sequer o animal com a pele comida pelas traças e com espantosos olhos de vidro. Imaginei o Conde enchendo uma caminhonete de livros, os móveis estilo Henrique II com os pés para cima no teto, um aparador da escola de Fontainebleau, os quadros das marinas embrulhados em plástico bolha. Tinha previsto que as marinas, com seu óleo craquelado, algum dia valeriam tanto? É estranho que alguém queira pendurar na parede uma recordação do perdido. Sempre tive medo dos retratos de pessoas mortas, os óleos escuros dos antepassados. E agora me dão pavor as marinas. Os ricos brigavam nos leilões, dariam fortunas por um mar pintado sobre uma tábua, de uma cor que nunca mais voltariam a ver. Alimentavam a nostalgia diariamente, enquanto tomavam no café da manhã produtos do mercado clandestino. Eles seriam os donos da memória, sim, mas só os afortunados têm o esquecimento.

Segui pela rua abaixo, lentamente, olhando para cada buraco infecto de velha arquitetura, ainda que já não tivesse ilusões de encontrar nada nesse bairro. A mancha verde e vermelha do neon tinha crescido até se tornar uma aura, uma esfera de cor, e pouco a pouco fui entrando nela, com sua estática elétrica. As escadarias do hotel estavam sujas, as janelas cobertas com mantas ou lençóis imóveis, na falta de cortinas. Mas o lugar parecia abandonado; a porta principal, que coroava a pequena escada de mármore enegrecida, estava tapada, com várias tábuas de madeira atravessadas entre ambas as folhas. Agora me encontrava dentro da mancha: o verde e o vermelho em sua luta íntima, e ambos como um escudo que empurrava a névoa. Dali vi um carro que dobrava a esquina do velho armazém. Podia ser um táxi sanitário, não tinha certeza. Era preto ou amarelo? Corri para chegar ao limite da cor e atravessei a membrana que me afundou outra vez no mundo. Mas quando cheguei à esquina, o carro já tinha se perdido de vista.

A porta do velho armazém tinha estado tapada por muito tempo, mas já não sobrava uma só tábua de pé. Algumas caíram sozinhas, podres de umidade, e o vento dos últimos dias tinha terminado de arrancar o resto, porque os vidros da porta seguiam intactos, a corrente e o cadeado ainda asseguravam as duas folhas, sem rastros de saque. Antes da evacuação, os donos viviam na casa dos fundos e faziam turnos, dia e noite, para não fechar nunca. Inclusive tinham um anúncio, um jingle pegajoso na rádio: *Não fechamos nunca, não fechamos nunca.* Na parede, sob a vitrine principal, alguém escrevera com spray: *Agora fechou, cagão?!* Limpei um pouco o vidro com a manga do casaco e tentei olhar lá dentro. As prateleiras estavam vazias, exceto pelo que pareciam ser uns garrafões grandes de desinfetante ou outro produto de limpeza. Sabão bactericida. Cloro. Mister Músculo. *Mata 99% dos germes.* Esponjas de aço. Polidor. Mauro podia tragar tudo isso em um minuto.

Sacudi a porta com força, mas o cadeado não cedeu. Passando as esquinas, atrás da cerração, tudo se via morto e desolado. Nenhum rastro de polícia. Agarrei uma pedra solta na calçada e dei um golpe. O vidro se desfez. O buraquinho inicial começou a derrubada, mas na massinha dura das bordas ainda ficaram presas algumas pontas afiadas. Arranquei uma a uma e as joguei no chão. Quando não sobraram mais vidros, enfiei a perna direita pelo buraco e fiquei presa com uma perna dentro e o dorso alto demais para me curvar no espaço da janela. Voltei a tentar, desta vez me sustentando nos braços para passar as duas pernas ao mesmo tempo, e depois o tronco, arqueado para trás, e por último os braços, como uma ponte que, de crianças, praticávamos com as gêmeas trapezistas.

O pó tinha se assentado sobre o piso de tábuas compridas, e a cada passo se levantava uma nuvem de penugem. A luz tímida que chegava de fora delatava essa nuvem de tempo sólido, o resíduo das horas e dos minutos acumulados. Cobri o nariz com o cachecol e o atei forte atrás da nuca. Passei junto à máquina registradora, apertei forte alguns botões ao azar. Mas não se abriu. Em todas as casas abandonadas haviam cortado a eletricidade. Segui até a parte dos fundos, essa zona de acesso exclusivo aos funcionários, onde ficavam os vidros de balas coloridas que as crianças olhavam de longe, escondidas atrás do mostrador. Os frascos seguiam ali, com suas tampas metálicas, mas não havia nenhuma bala para contar história, e vistos assim, frios e transparentes, davam a impressão de ser um artefato cirúrgico, uma série de recipientes enormes para guardar os frutos de estranhos experimentos.

No fundo, já quase não havia luz. Decidi que voltaria mais tarde com uma lanterna, mas antes passei a mão pelo que pareciam ser as estantes vazias. Toquei o pó, tão grosso como o pelo ralo de um animal. Arrastei o pó com a mão e, ao chegar na distância máxima que me permitia o braço, na prateleira mais alta, minha mão bateu em alguma coisa. Fiquei na ponta dos pés e apalpei com cuidado. Eram latas. Latas empilhadas em várias torres anãs. Peguei a mais de cima e a tateei sem pressa: a etiqueta e o lacre de abre fácil. Baixei uma lata, mas não pude ler a etiqueta. Somente quando me aproximei da luz que refletia o vidro quebrado da porta, é que vi o desenho e as letras azuis: *Atum em óleo*. Meu Deus. Estava eufórica, quase mareada; não podia me lembrar da última vez que vi uma delas. Voltei à estante do fundo e trepei na estante inferior para enfiar bem o braço. Eram onze latas, esquecidas na prateleira mais alta, contra a parede. Peguei todas elas, e enfiei algumas nos bolsos, outras dentro do cachecol, que enrolei até virar um pacote.

Saí pelo buraco da porta, já sem a mesma agilidade. A calça se enganchou em um pedaço de madeira e fez um furinho pequeno. Sentia a adrenalina como uma ardência, uma substância alheia a meu corpo. Impossível aguentar chegar até em casa. Sentei-me no meio-fio e limpei a lata com o tecido do punho do casaco. Não brilhava como um cofre de tesouro, mas era o que eu sentia. Lá dentro, a carne impossível, a carne proibida de um animal extinto. Seus parentes longínquos, mutações desconhecidas, nadavam em nosso rio. Ninguém os pescava; sem predadores naturais, essas mutações se proliferavam e chegaria o momento, se é que já não tinha chegado, que não sobreviveria no mar nenhum animal que não fosse uma mutação.

Puxei o lacre e a lata se abriu. Em seguida, subiu o perfume marinho. Inspirei fundo; aproximei a carne rosada do nariz e fiquei ali com os olhos entrecerrados, disparada às lembranças como uma bala. Veloz, dolorosa. Vi as mulheres vestidas com seus jalecos brancos no porto de San Felipe, empunhando facas com as quais raspavam as escamas dos pescados recém-trazidos do mar; o piso branco e resvaladiço, o cheiro nauseabundo. A mesma peixeira limpava o animal, abria-lhe uma fenda profunda e a mão ensanguentada se enfiava ali e saía arrancando tripas e fazendo escorrer todo o seu líquido interno.

Minhas mãos estavam sujas, completamente pretas de pó, mas assim mesmo peguei um pouco de atum, usei os dedos como pinças finas e o enfiei na boca. Nem conferi a data de vencimento da lata, não me interessava nem um pouco, e sei que teria comido mesmo se estivesse fossilizado. Apertei a língua contra o céu da boca até que soltou o azeite. A carne seguia perfurando a memória e já não pude saber se o que mordia era uma fruta, um pêssego que soltava seu sumo açucarado e que eu devia lamber antes que ele escorresse por meus dedos e secasse em meus braços, ou se o que eu ouvia eram as moscas sobrevoando as peras, que estavam com alguns machucados, como remendos de uma pele mais branda, ou se o que enxergava era Delfa tirando as sementes da melancia, com paciência, escavando a polpa vermelha, porosa e crocante. Delfa e o cheiro de confeitaria; aquele cheiro que se misturava com o do cloro e do sabão de camomila. Todos os cheiros do mundo cabiam nas mãos de Delfa. O azeite escorria entre os dedos e pela palma até os pulsos e para dentro da manga do casaco. Sentia que meu queixo estava escorregadio e suave. Tentei me limpar, mas só terminei espalhando o azeite, esfregando o cheiro de peixe pelo rosto. Supus que também tinha manchado o rosto com a fuligem de meus dedos, e gostei de me imaginar com algum tipo de pintura ritual, minha própria marca negra e oleosa como uma declaração de guerra. Se restava algum bicho na cidade, algum bicho que não fosse uma barata, devia estar se aproximando. Levantei-me do meio-fio com as mãos besuntadas, sentindo a companhia da névoa, seu poder, e caminhei de volta para casa.

O que é o silêncio?
A pausa entre um pensamento e o seguinte.

À noite, preparei uma cumbuca de arroz com atum e maionese. O que eu não teria dado por um tomate, mesmo que fosse um tomate hidropônico, cultivado em uma dessas máquinas parecidas com uma incubadora, um tomate túrgido à base de injeções, cheio de água e de fungicidas, um tomate sem gosto de nada, mas que, ao menos, evocasse a imagem de um tomate. Servi a comida em uns pratos grandes, com bordas douradas e de flores e sinuosos talos verdes em toda a sua circunferência, não nos pratinhos lascados de sempre. Era uma festa, mas Mauro não percebia. Nós nos sentamos no chão, com os pratos na mesinha de centro, em frente à televisão. Estava passando uma propaganda de hambúrguer congelado. Dois pães redondos, o queijo derretido e fumegante, e uma miríade de partículas de sal que estavam saltando pelo ar, resplandecentes, suspenso pela magia da câmera lenta. Entre os pães, a carne aberta em uma mordida aparecia vermelha no centro, fresca e suculenta, e nada parecida com o hambúrguer ressecado, chato e duro como uma sola de borracha que vinha dentro da caixa. Os pais de Mauro sempre incluíam um pacote na caixa do mês, e era a primeira coisa que comíamos. Na caixa, aparecia o desenho de uma vaca que pastava em uma linda colina, e em cima, o selo vermelho da processadora nacional. Desliguei a televisão, e Mauro resmungou.

— Não — disse. — Tevê.

— Vamos comer hoje algo especial.

Pela primeira vez, não queria distraí-lo da comida, mas ele fez uma expressão de que não gostou no primeiro bocado. Um sabor forte demais, talvez, desconhecido para suas papilas infantis. Revolveu dentro do arroz com a colher e analisou o atum desfiado. Sua desconfiança durou um segundo mais, antes de juntar uma montanha de arroz e engoli-la sem nem sequer mastigá-la.

— Coma devagar — disse.
— Fome — voltou a resmungar.
— Você está comendo, Mauro, não pode ter fome.
— Onde está a lua?
— Estamos com névoa hoje. Quer ir ver se a encontra?

Fez que não com a cabeça. Sem vento nem televisão, só se ouvia o ruído de sua colher ao raspar o prato.

— Hoje estamos contentes — eu lhe disse.

Ele me mostrou as bochechas cheias e os dentes brancos de maionese. Mastigava, eu o vi se esforçar para mastigar dez vezes antes de engolir, como eu tinha ensinado. A síndrome parecia distante, vencida.

— Está gostoso?

A boca cheia murmurou que sim.

— Vamos ficar bem — disse. — Te prometo.

Na manhã seguinte, levantei-me com essa ansiedade alegre, essa expectativa que tem toda a noite mal dormida, esperando o amanhecer. Nos noticiários, falavam do único tema possível: o incêndio da processadora, a morte dos animais e a destruição das máquinas. A perda milionária dos investidores estrangeiros, dos criadores de gado, do agrônomo. Pensei se por acaso os pais de Mauro poderiam ser também investidores da nova fábrica. Todos perdemos, diziam na televisão, mas eu sabia que não. Havia os que perdiam e havia os que sempre podiam se virar. Por um segundo, imaginei o pai de Mauro falando em frente à câmera como aquele apresentador de *Atreva-se a sonhar*: porque os sonhos, sonhos são... mas aqui, tornam-se realidade.

Abaixo deslizava o anúncio meteorológico: *Névoa e frio, baixo risco de vento*.

— Estamos contentes? — perguntou Mauro, que brincava no piso, totalmente alheio ao noticiário.

— Hoje sim — respondi.

Fui até a cozinha e pinguei detergente sobre os pratos do café da manhã. Depois organizei a roupa de Mauro, como quando vinham buscá-lo, construindo uma espécie de boneco de trapo sobre a cama.

— Para a água, Mauro — disse, e ele me seguiu, resignado.

Dei-lhe um bom banho. Tive de passar o dedo ensaboado pelas dobras do estômago, onde sempre se acumulava uma linha negra e ressecada de suor asqueroso. Sua carne se afundava sem opor resistência; parecia não ter fim, uma ausência de órgãos. Sequei-o com força, para esquentá-lo, e ele se queixou e me dificultou a tarefa, mas finalmente levantou os braços para que eu vestisse nele sua camiseta favorita. Enquanto punha suas meias e os sapatos, pedi-lhe que procurasse o sol e me dissesse onde estava. Ele olhou para as janelas, buscando o foco de claridade detrás dos anéis e mais anéis impenetráveis das nuvens. Penteei seus cabelos de modo que ficassem de lado, não com a mão, como fazia sempre, mas com uma linha bem reta e delineada pelo pente fino, e depois lhe pedi que levantasse os braços outra vez para vestir o casaco de tecido polar. Tinha um gorro e um par de luvas vermelhas combinando, um dos primeiros presentes inúteis de sua mãe, porque era muito arriscado sair com Mauro à rua e porque ela mesmo tinha proibido. Por fim, íamos estreá-lo, e embrulhado em toda aquela roupa vermelha, parecia uma linguiça feliz.

— Você o encontrou? — perguntei.

Ele apontou para a direita, no extremo mais alto da janela, atrás da televisão. Girei a cabeça e ali estava, o brilho pálido.

— Muito bom!

— Vamos ver os cavalos? — disse.

— Não, vamos ver minha mãe.

— Minha mãe.

— Não, a minha. Está contente?

Ele fez que sim, esfregou a papada contra a gola do casaco térmico e sorriu para mim com os olhos como pequenas fissuras inclinadas.

A roupa estava lhe dando calor, e eu o vi tentar tirar o gorro.

— Não tire nada, porque já estamos saindo — adverti.

Terminei de pôr meu casaco, e enquanto ele esperava na porta aberta, recebendo o ar frio do hall, fui até o quarto, abri o cofre e peguei três latas de atum. Enfiei-as no bolso do casaco; não queria levá-las na mochila, junto com os livros, e arriscar que nos roubassem.

— Não saia daí — disse eu. — Conta até dez e vamos.

Eu ouvi contar: um, dos, três.

Fechei o cofre, escondi a chave, pendurei a mochila nas costas.

— Pronto. — Eu me agachei diante dele e lhe dei um beijo na testa, perto do cantinho do olho. Ele se limpou com o dorso da mão.

— Você limpa? Não quer me dar um beijo?

— Sim — disse.

— Então me dá?

Ele me beijou, brando, morno, e esta foi a última coisa que dissemos por um tempo. Descemos as escadas e saímos à praça, repleta de nuvens e silêncio. Ele apertou minha mão, ainda que fosse impossível se perder neste lugar, todo vermelho da cintura para cima, enorme e redondo em uma paisagem sem relevos.

Cruzamos a praça na diagonal. Achei que na avenida portuária teríamos mais chance de encontrar um carro. Mauro queria subir nos balanços, mas não deixei. Dei permissão que corresse um pouco, com os braços duros de tanta roupa, mas sem sair dos caminhos do pedregulho. Fiquei com pena de negar; lembro-me daqueles dias que pedia permissão à minha mãe para ir às pedras de San Felipe ou ao restaurante dos mergulhadores. Não, ela dizia, e eu a odiava. Não, Mauro, não. Tinha se tornado minha frase de cabeceira.

— Não — voltei a dizer, quando insistiu com os balanços, quietos e enferrujados, mal oscilando sobre um lamaçal que ninguém nunca mais pisou em muito tempo. — Temos que ir.

Entramos no segundo táxi privado que nos abordou. O primeiro não me passou confiança; o segundo, por outro lado, tinha sido taxista profissional e se encarregou de me mostrar seu carnê, expirado fazia tempo, mas com o logo e a marca d'água do sindicato. Nem bem saímos, o homem tentou puxar conversa. Era do tipo falador, desses que começam cada frase com um "se eu te contasse...", e imediatamente começavam a contar.

— O que eu ia fazer todo dia? Olhar para o teto? — disse ele. — Alguns foram enviados para ser motoristas políticos, mas a maioria foi mandada para casa. Para esperar. Que o sindicato não podia se responsabilizar pelos riscos para a saúde.

— E não podiam mandar vocês para o interior?

— Lá está tudo caríssimo. E como se vai até lá? Eles te mandam, se você quiser ir, mas tem que pagar tudo sozinho.

Mauro ia calado, absorto na janela. Chupava o dedo indicador, como se o mascasse.

— Como se chama o amigo? — perguntou o homem.

— Mauro — disse.

— Mauro, quanto anos você tem?

Ele não despregou os olhos da janela, nem sequer imagino que tenha escutado.

— Está muito concentrado — disse para desculpá-lo.

— Há pessoas falantes e pessoas concentradas — disse o homem. — Eu tinha uma prima... Bom, ainda tenho, suponho, mesmo que eu não saiba dela há vinte anos, que foi de viagem à Índia. Dentista e tudo mais, minha prima Estela. Uma mulher que não tinha nada de espetacular, mas que ao menos tinha seus encantos, sabe? Bom, e o que aconteceu? Disse que conheceu uma irmã, uma religiosa, e foi daqui para lá sem querer voltar. Imagina? — Fez uma pausa, desfrutando do suspense que tinha conseguido introduzir na história. — Ficou um ano inteiro dormindo em uma tábua de madeira. Agora não me lembro como se chamava o grupo, se era Irmãs do Silêncio, ou algo relacionado à madre Teresa. O caso é que Estelita, que é como a chamávamos na família, deixou tudo e foi para lá. Uma só vez voltou, dez anos depois, para renovar o passaporte. Tinha perdido todos os dentes. Que ironia da vida, não? Essa foi a última vez que tivemos notícia dela. Depois, fez um voto de silêncio e não falou mais. Imagina? Não falou nunca mais. Sua mãe morreu e ela nem se interessou em vir. Tinha perdido todo sentimento.

Paguei quinhentos pesos para chegar a Los Pozos, mais do que me cobrou o velho da última vez que vi minha mãe, e cinco vezes mais do que teria me custado um táxi oficial em outras épocas. Agora era assim. Tudo muda, como as correntes marítimas. Com Max, foi igual. Nós dois estávamos constantemente mudando; mas aquilo que chamávamos "crescer", achávamos que ia parar em algum ponto, quando?, logo, quando se acabasse a juventude, quando por fim alcançaríamos a calma de duas estátuas de sal.

Em Los Pozos, a rua de minha mãe estava cheia de folhas secas. Quando o carro dobrou a esquina e avançou lentamente para nos deixar em frente à casa, sentimos como os pneus amassavam aquelas folhas. Rastros do último vento, exceto que antes os vizinhos as varriam, e agora elas se acumulavam em montes que logo pegavam fogo. Esse é o cheiro que associo com Los Pozos e outros bairros arborizados. No porto, não, no porto cheiramos o vapor que soprava do rio e o hálito dos barcos pequenos. Mas ninguém mais se encarregava das folhas secas do bairro, pelo jeito, e quando Mauro desceu do táxi, começou a chutá-las para o alto. As folhas voavam como papel picotado e voltavam a cair sobre ele. Ele estendia os braços, tentando agarrá-las. Era uma espécie de chuva. E até eu senti a alegria dessa chuva seca.

O carro se afastou dando ré, porque mais adiante a rua não tinha saída. Para esse lado, ficaram as marcas paralelas e escuras das rodas, e, do outro, um colchão de folhas secas.

— Venha! — eu disse a Mauro, e me enfurnei um ou dois metros em direção ao lado virgem da rua. — Escute como elas farfalham.

Ele se aproximou, pisoteando com força, soltando seu peso descomunal sobre cada pé, muito pequeno para o tamanho que deviam suportar, como uma empanada embrulhada em um papel-alumínio. Eu me agachei, levantei um monte de folhas e as joguei para o alto. Mauro voltou a chutá-las, mas ao ver que as folhas não subiam tanto como as minhas, começou a me copiar.

— Está chovendo — eu falei, e o vi sorrir.

— Está chovendo! — disse ele, e antes de a última folha que jogou cair no chão, ele já tinha agachado novamente.

As camadas mais inferiores soltaram um odor de umidade e putrefação, mas não me importei.

— Mãe — chamei, porque era impossível que, nesse silêncio, minha mãe não tivesse ouvido a porta do carro fechar e nossas risadas a poucos metros de sua janela — Mãe!

Mas ela não saiu, nem ia sair. Ninguém no bairro se assomaria para nos ver. Tive um momento de raiva e de fastio, as reclamações de sempre: não é capaz nem de sair para abrir a porta, agora sim, vai me escutar, e outras variações de rancor. Depois peguei na mão de Mauro, suja de folhas picadas, caminhei com ele até a porta, bati duas ou três vezes, tentei olhar pela janela para dentro (Mauro fez uma viseira com as mãos sobre o vidro opaco), mas não vimos nada. Não a encontramos no jardim. Sobre a mesa de ferro estava a cesta, as luvas da jardinagem, manchadas de terra como sempre. As plantas ordenadas, saudáveis e sem insetos, mesmo que não houvesse flores abertas, nem o hibisco nem o jasmineiro anão. Mauro andava se esquivando pelos arbustos, enquanto eu subia os três degraus até a porta da cozinha e forçava a maçaneta, que encontrei sem chave.

Não voltarei a vê-la, já disse, e como um fantasma evocarei uma e mil vezes a imagem de seu contorno escuro e quieta detrás da cortina de tecido translúcido, aquele beijo que resvalou na pele oleosa da testa, o cheiro de cabelo sujo, também engordurado, e o tato áspero daquele roupão que mais era uma colcha que andava sozinha. Percorrerei a casa, mas não encontrarei rastros de vida nem de morte. Os armários da cozinha vazios, exceto por um saco de lentilhas fechado por um nó, e vários copinhos de Carnemais intactos na geladeira. As estantes cobertas de pó. Pela janela da cozinha, verei Mauro de pé sobre a terra endurecida dos canteiros, a cesta pendurada no braço, arrancando os talos e os brotos sagrados de minha mãe. Chamarei por ela várias vezes ainda, como uma menina assustada, e logo me darei conta de que já não estou dizendo

"Mãe", mas sim "Leonor", e que não a chamava por seu nome desde que Delfa estava viva e era minha verdadeira mãe. Não encontrei nada; nem um número de telefone, nem um endereço ou um bilhete. Da janela que dá para a rua, verei a casa da professora, com as persianas fechadas, e saberei em seguida que nenhuma alma habita esse lugar. O absurdo será o gesto de tirar os livros da mochila e colocá-los sobre a mesa. Com cuidado, como se ela estivesse olhando. Todos os livros que eu levava e devolvia sem ler. As vezes que me acelerava o coração quando ela me perguntava sobre tal ou qual história. E, no entanto.

Não partirei em seguida. Ficarei sentada no sofá de espaldar alto, onde uma vez achei que ela estava morta, com a névoa cobrindo-a como em uma mortalha. Mauro entrará com sua cesta de brotos, plantas arrancadas da terra e folhas secas. Irá se sentar perto de mim e esvaziará parte da cesta sobre o tapete persa. Se ela acha que vou procurá-la, pensarei como um disco riscado, se ela acha que vou rastreá-la por todas essas cidades do interior... Nem uma só vez pensarei que ela poderia estar nas Clínicas, internada, doente. Depois, Mauro vai amontoar seu espólio sobre meus pés, como se os estivesse enterrando, e eu deixarei que ele faça isso enquanto deposita flores, folhas e um pouco de terra sobre meus sapatos.

— Se sujou — dirá, limpando as mãos no tapete.

— Sim, mas não importa. Já estamos indo.

Sei que em um momento me levantei, desmanchando a horta criada sobre meus pés. Tinha de encontrar um táxi privado nesse bairro moribundo antes de que soasse o alarme. Mauro disse: Não quero ir, não quero, e eu lhe permiti que levasse a cesta com ele.

Caminhamos muitas quadras antes de chegar a uma avenida com movimento. Eu ia arrastando Mauro, apertava-lhe a mão com tanta força que suponho que estivesse mesmo doendo.

Mas ele tentava se safar. Não solte minha mão, disse a ele. Na outra mão eu levava a cesta que Mauro tinha se cansado de carregar. Passamos em frente à igreja 15 de abril, pequena e neogótica, fechada. Desde menina, sonhava que ia me casar nessa igreja. Claro que, quando finalmente me casei com Max, só o fizemos no civil. Minha mãe era contra minha união, mesmo que conhecesse Max a vida inteira, ou justamente porque o conhecia a vida inteira. Você está cavando a própria sepultura, ela me disse, mas eu sentia que era o contrário, que Max me resgatava da fossa onde havia jazido toda a minha vida. Algumas semanas antes da cerimônia, minha mãe anunciou uma viagem inevitável com a empresa na qual trabalhava. Não poderei ir ao seu casamento, disse. Eu gritei o quanto pude; não nos falamos por duas semanas e, nessas duas semanas, jurei que nunca mais voltaria a vê-la. Finalmente, cancelou a viagem; em seu lugar, mandaram uma loira jovenzinha que, segundo ela me disse, tinha modos de cavalo cansado. Durante a cerimônia e o brinde, ela se portou simpática com todo o mundo, mas aos poucos soubemos que a loira não tinha conseguido captar o cliente e não demorou muito até que a demitissem. O que se podia esperar de um cavalo cansado, disse minha mãe, agitando a cabeça com pesar, mandei essa pobre mulher ao matadouro. Mas estava claro que quem lhe mandara ao matadouro havia sido eu.

Quando entramos no táxi (um táxi de verdade, amarelo, agora transformado em transporte sanitário, mas que aproveitava para levar alguma viagem na miúda sem que o sindicato soubesse), perguntei ao homem se conhecia algum armazém clandestino. Ele me disse que havia um em Puente Arena e que muito provavelmente também encontraria alguns vendedores ambulantes dentro do túnel de Siete Caminos.

— Vão e vêm — disse-me. — Um segundo estão aí, com mesa dobrável e tudo, e no seguinte, desaparecem.

— Pode ser que sejam fantasmas.

O homem riu.

— Talvez todos nós sejamos fantasmas — disse a ele.

— Não acho. — E balançou a cabeça. — Não acho que os fantasmas tenham fome. Mas por menos de duzentos pesos não te vendem nem um pedaço de pão.

— Os fantasmas são bons para os negócios.

— Eu te levaria — disse —, mas toda a zona de Siete Caminos está fechada.

— E isso por quê?

— Não ouviu as notícias? Uma mulher se atirou de um edifício. Tinha um filho mais ou menos da idade do seu.

Mauro não levantou a cabeça; ia brincando com as mãos afundadas na terra dentro da cesta. Murmurava algo, alguma história inventada que o mantinha alheio a nós.

— Parece que o vento a enlouqueceu. Antes de saltar, arrancou a roupa.

— E o que vai acontecer com o menino?

— Nada — disse o homem, e me olhou pelo retrovisor. — Ela saltou com o menino.

Ao chegar à casa, liguei a televisão. Efetivamente, falavam da mulher que tinha saltado ao vazio abraçada ao filho. Um vídeo captado por um drone mostrava um ponto negro caindo do nono andar. Eram apenas dois segundos de vídeo; a imagem havia sido captada de uma longa distância e a definição não era suficiente para mostrar nada humano. Se alguém tivesse ligado a tevê nesse momento, teria visto somente um pixel falho, uma mosca em pleno voo. De todo o resto eram as notícias que se encarregavam. Disseram: loucura, instabilidade, fora de si. Disseram: injustiça, atrocidade, direito alienável, enquanto repetiam uma e outra vez a imagem da mosca voando, agora marcada com um círculo vermelho para que todos pudessem identificá-la. Quando a câmera enfocou na rua, ela viu a zona demarcada, as mesmas faixas amarelas que selavam o acesso às praias, e um enxame de policiais com máscaras alemãs. Os corpos jaziam na calçada cobertos com sacos plásticos.

Tudo tem uma margem: o oceano também
é cercado pelo continente.
Uma margem é a fronteira de si mesmo?
Uma margem é o começo de outra margem.
E qual seria a margem da distância?
O ponto mais próximo entre duas coisas.
E a margem da mente?
O esquecimento.

Abri todas as portas de todos os guarda-roupas de meu quarto. Procurei na parte alta, onde guardava travesseiros e colchas enroladas em náilon, e desci a maleta preta. Coloquei-a sobre a cama e, ao redor, comecei a amontoar camisetas, calças e casacos. Mauro assomou na porta com a cesta na mão.

— Cavalos?

— Sim — disse eu —, vamos passear.

Ele se aproximou e apoiou a cesta suja sobre a colcha.

— Vá para lá, Mauro. Deixe eu terminar de arrumar a mala.

Ele nem sequer tinha tirado a roupa térmica, mas eu só me dei conta disso muito tempo depois. A toda velocidade, eu seguia amontoando coisas: passaporte, dinheiro, um caderno praticamente em branco onde tinha anotado telefone e endereços. Do quarto de Mauro, trouxe cuecas e meias, tênis, o casaco impermeável. Ia e voltava construindo uma montanha de roupa alta demais para o tamanho da mala, que se alargava com uma quantidade sem fim de zíperes e compartimentos ocultos. Depois, a ideia foi decantando, com seus limites e possibilidades, e joguei no chão tudo o que não fosse essencial: roupa, brinquedos, produtos de higiene pessoal, objetos que não tinham outra função além de gatilho para a memória. Engenheiro, o que vai acontecer?, ouvi perguntarem na televisão. A história da mulher suicida tinha ficado para trás, e agora queriam saber outra vez do incêndio e a perda dos animais. Qual a previsão?

Acho que passei duas ou três horas nessa tarefa, ainda que o tempo se medisse por outro relógio: vento ou névoa, cinza ou vermelho, luz ou apagão, um tempo regulado pelos ciclos da fome de Mauro, a preparação de comidas e minha capacidade para me manter longe de Max. Cada bomba com seu tique-taque particular. Então quando eu falo de dias, semanas e horas, faço isso para encontrar uma maneira de organizar o pensamento, de dar um sentido à lembrança estancada.

E ainda assim, houve um momento em que as coisas se precipitaram.

Como um corte em um tecido esticado. Como se, por um brevíssimo instante, a névoa se abrisse para revelar suas entranhas, feitas de outro tempo e outra substância. Primeiro, parece que ouvi batidas na porta. Batidas ou *uma* batida? A ilusão sonora me tomou tão de surpresa que pensei em minha mãe. Algo muito típico dela, pensei, fazer as coisas assim, obrigando todo mundo a ter o coração na boca. Com os anos, minha mãe se tornou, para mim, um grande lugar-comum, e não poderia me referir a ela exceto mediante frases feitas, algo que minha chefe de redação teria reprovado: não gastar pólvora com passarinho, o coração na boca e adeus, e vá com Deus. Sobre a cama restou a mala, relativamente leve e vazia nas pontas, onde eu colocaria alguns sapatos ou meias. Mauro tinha arrancado o gorro e o casaco térmico, e brincava no piso esparramando terra e acomodando talos e folhas em um estranho *ikebana*. Eu caminhava em círculos pela casa. Qualquer quietude podia frear o impulso, eu sabia, então me obriguei a seguir arrumando roupas, abrir e fechar gavetas, verificar esconderijos, vasculhar cantinhos esquecidos. Um momento antes, tinha pedido a Mauro que mudasse de canal e ele pegou o controle remoto e pressionou botões até que encontramos um programa especial sobre a mulher suicida. Agora entrevistavam um antigo vizinho seu. Reservada, disse o homem, nunca se sabia o que estava pensando. Então vieram as batidas. Agora sim; decididas, insistentes. Mauro e eu nos assustamos. O que fizemos então? Sei que Mauro, com o susto, correu a se esconder no quarto. Eu esperei um momento mais, pensei em minha mãe, senti a raiva vibrar como uma corda, mas terminei o que estava fazendo e aproximei a vista do olho mágico, uma lente abobada que me lembrava aqueles velhos cones de plástico que tinham uma pequena foto na ponta. A foto sempre se via longínqua e fantasmal, iluminada na parte de trás por qualquer fonte de luz contra a qual se levantava o dispositivo. Era preciso fechar um olho ao mundo de fora e abri-lo ao mundo de dentro, que seguia existindo nesse espaço de luz. O olho mágico estava sujo; havia uma penugem presa entre os dois vidros, de modo que só pude distinguir uma silhueta muito perto da porta, uma silhueta que, ao menos, não era um policial.

Abri e, pela fresta da porta, com seu terninho cinza, empresarial e impecável, no corredor frio e desabitado, vi a mãe de Mauro. Mas minha cabeça teimosa, tão aferrada a uma coisa por vez, seguia pensando em minha mãe, pensava que por acaso essa mulher trazia notícias dela, que talvez tivessem se conhecido no interior, em alguma tertúlia ridícula de piano e leitura. Agora sim, pensei, agora você está onde sempre quis estar, mãe.

— Perdão — disse ela. — As linhas de telefone estão mudas.

E então reparei que ela não trazia caixas de comida. Só estava ela, que, no máximo, devia medir um metro e meio, embrulhada em seu terninho cinza cor de rato e com um lenço azul enrolado na garganta. Era inconcebível que Mauro tivesse saído desse corpo minúsculo, perfeitamente altivo em sua leveza e sua planície. Convidei que entrasse, mas ela não quis. Preferia não se inteirar da bagunça, do ar viciado, do sofá com manchas de comida, afundado no centro, e as panelas grudadas de arroz e grão-de-bico. Preferia levar Mauro como se se tratasse de uma encomenda.

— Não tinha como avisar — disse.

Girei para dentro, com a mão ainda na maçaneta.

— Olhe quem apareceu — gritei, e minha voz não delatou nenhum estremecimento. — Mauro, venha cá.

Mas ele não apareceu, e nós duas ficamos em silêncio, medindo-nos, esperando o som de seus passos ou alguma resposta, e neste momento que estou contando... neste momento que estou contando volto a pensar naquele peixe minúsculo que se alçou no ar, atado pela vara do pescador, e que mal vibrou, oferecendo-nos seu brilho prateado, sua diminuta vida.

Uma falta de ar.

— Não preparei a roupa — disse eu. — Se eu soubesse...

Ela tentou esboçar um sorriso. Não lhe importava, compraria mais roupa, compraria tudo o que seu menino monstruoso pedisse, inclusive comida, e quando fiz o gesto de me mover, ela me deteve e me pediu que não guardasse nada, que tinham pouco tempo. Falava rápido, na velocidade em que falaria um corpo de seu tamanho, sem peso suficiente para reter o ar dentro de si.

— A névoa está espessa — eu disse, e me senti ridícula, como uma antiga navegante dos mares, guiando-me pelas constelações e pela lua. Assim ela deve ter me visto, também. Pensaria: o que isso fez com ela. Ou talvez simplesmente: isso foi o que ela procurou.

— Não tínhamos comida — eu disse. — Não tínhamos nada.

— Peço perdão, tive que organizar muitas coisas. E não havia telefone, eu não tinha como entrar em contato.

Então, ela se deu conta de algo. Apalpou os bolsos. Deu dois passos sobre o capacho áspero e sujo e me estendeu o envelope. Estiquei a mão mecanicamente, como uma máquina de dinheiro, esses caixas eletrônicos que puxam as notas, e em seguida notei que estava mais volumoso do que nos outros meses.

— Estamos muito agradecidos por tudo — disse ela. — De verdade, meu marido e eu. Nós dois. O que você fez por Mauro.

— Mas ele não está pronto — disse eu. — Eu não a esperava.

A mulher suspirou, e por um momento achei que ia pôr a mão dela sobre a minha.

— Olhe. Ele não pensa em mim nem em você. Só pensa em sua próxima comida.

Mauro se assomou na porta de seu quarto: a cabeça, o cabelo abundante e emaranhado, os olhos pequenininhos, quase orientais pelo esforço estrábico.

— Olhe quem chegou? — disse, incapaz de responder eu mesma à pergunta. Ele apareceu mais um pouco, tirou a perna, um ombro, um braço e a viu. Estava vestido, mas sem sapatos. — Calce rapidinho os sapatos — eu disse, mas sentia esse cansaço, esse cansaço tão atroz. Estava farta de lhe dar ordens, de ser uma maquininha de comandos. Queria que brincássemos de descer as escadas de mãos dadas, saltando os degraus de dois em dois; queria brincar de esconde-esconde entre a névoa e subir nos balanços enferrujados. Mauro disse que não, que não queria ir embora. Tinha terra nas mãos, os dedos encardidos apoiados na parede. Enquanto isso, a mulher se balançava, deixava cair o peso de uma perna para outra. O frio lhe passava pelo terninho e estava tremendo.

— Diga a ele que não temos tempo — ela me ordenou, mesmo que pudesse vê-lo tanto como eu.

— Você ouviu sua mãe — eu disse. Nesse momento soltei a maçaneta da porta pela primeira vez. Tínhamos tempo? Sim, estávamos ali, *ainda*, e em nenhuma outra parte. A maçaneta tinha esquentado e eu senti o contato frio do ar na palma de minha mão. Fui até Mauro, peguei-o pelo braço e o levei até o sofá. Ele se sentou com os pés pendurados; não conseguia tocar o tapete. Trouxe os sapatos e abri bem os cadarços. Não queria forçá-lo; pedir que me ajudasse e ter de repreendê-lo: me ajude, Mauro, empurre o pé. Não queria que essa mulher visse meu calvário e se compadecesse de mim. Não queria que nada me assemelhasse a ela. Calcei os sapatos em Mauro. Sem meias. Ia passar frio. Devia estar sentindo a rugosidade das costuras no pé. Apertei o peito do pé, uma pressão suave para reconfortá-lo e para indicar-lhe que estava pronto.

— Você vai ver os cavalos — eu lhe disse —, você gosta deles.
— Não — disse ele —, não gosto.
— Como que não vai gostar? — Agarrei sua mãozinha suja e lhe beijei a palma, que era como uma cumbuca úmida. — Claro que você gosta.

Depois Mauro irá chorando. Caminhará resmungando a contragosto, diante de mim, até a porta.

— Se despeça, Mauro — dirá a mulher. — Se despeça direito.

Ele vai me abraçar, vai se aferrar às minhas pernas, e eu terei de me apoiar na porta para me sustentar e não perder o equilíbrio. Ela repetirá várias vezes seu nome. Mauro, dirá, Mauro. Não quererá parecer desesperada. Verei o ódio em seus olhos. Saberá que não estou colaborando, que não estou dando as ordens que funcionam, as mentiras efetivas e piedosas. Desprenderá uma das mãos de Mauro de minha perna e ele se deixará fazer, dócil, mas não soltará a outra, que vou sentir como uma serpente que enrosca e aperta. Eu me deixarei estrangular, sem opor resistência à pressão do braço. A mulher puxará a mão livre de Mauro e depois a apertará, odiando-me como nunca, até que o braço dele perderá força e soltará disparado com um grito. *Naaaa, naaaa*. Mauro cairá no chão e ela terá de arrastar sua gordura macia pelo capacho que raspa e queima a pele. Como mil queimaduras chinesas, pensarei, mas seguirei imóvel.

Antes de partir, parada em frente à escada, a mulher vai voltar para mim e dizer:

— Estou esperando — dirá, sem alegria nem entusiasmo nem nada.

Levarei um momento para entender o que é que espera. O que espera que eu faça? Vou pensar que tenho lágrimas no rosto e sentirei vergonha, mas, ao me tocar nas bochechas, as encontrarei secas. Porém, nesse instante, verei a mão da mulher passar na parte baixa de seu ventre, tão tenso e plano como um lençol. Entenderei, mas não saberei o que dizer, ficarei calada, movendo a cabeça. Em seguida, direi a eles que viajem com cuidado.

Direi também: ele está assim porque não o preparei.

Mauro seguirá berrando. Verei decepção nos olhos da mulher, na mão que protege seu ventre como se quisesse proteger o novo menino de mim.

— Você deveria ter partido, sabe? — dirá ela. — Hoje, antes.

Não completará a frase, a mão de Mauro pendurada pela sua como a extensão de um só corpo. Apesar de seu tamanho, de seu escasso um metro e meio, parecerá muito alta em relação ao menino doente, com a síndrome, e ele seguirá deitado no capacho, com a cara escondida entre os braços, como se tivesse deitado para dormir ali: uma pedra com forma humana. De sua altura, ela voltará a dizer o nome de Mauro, que agora vai soar como sua propriedade; ela é a única que pode pronunciá-lo e também a única que pode agarrar brutalmente sua mão flácida e puxá-lo, o menino baleia, o menino dinossauro, escada abaixo.

Eles me pagavam para que, quando chegasse esse dia, eu o deixasse ir.

Dentro do nada o que há?
Nada.
E dentro desse nada?
O infinito.

Os caminhões chegaram e se encheram de gente. A mãe de Mauro sabia de algo, entendi então, e também entendi que ela não podia contar o que sabia. Até que ponto os pais de Mauro tinham poder? Levariam as pessoas para acampamentos temporários de relocação, foi o que disseram na tevê. O nome técnico para alguma coisa que nada teria a ver com incêndio ou carreatas. E vi os caminhões militares com teto de lona estacionados nas esquinas e um fiozinho de gente que ia saindo dos edifícios. Pareciam rendidos, com vergonha de ter se entregado a uma fantasia. A luz foi e voltou várias vezes durante o fim de semana, mas sempre voltava com as mesmas imagens: as pessoas saindo de seus buracos mais inverossímeis, como ratos encantados, subindo nos caminhões com as mãos vazias ou com maletas que deveriam abandonar na calçada. Agora caminhavam com a cabeça baixa, como crianças na escola que se enfiaram em problemas sem precedentes e sabem disso. Isso é o que acontece quando arranjam, crianças, sarna para se coçar. Aprenderão. São travessos, tontos. Aprenderão e tudo ficará no passado, como uma má recordação. As crianças subirão nos caminhões com frio, com fome, com piolhos, pulgas, com os dentes partidos e o estômago arrebentando de tanto mascar cal e sementes secas. Subirão aos caminhões agradecidos. E esse agradecimento será a única recompensa que o Estado precisa.

Durante dois dias e duas noites evacuaram muita gente. Ninguém havia pensado que tinham restado tantos. As imagens não mostravam os que resistiam, mas eu podia imaginar o que acontecia com eles, como os arrastavam, arrancando suas roupas, como os subiam algemados a caminhões herméticos. Só uma vez mostraram a barricada no Bairro Alto, que se resolveu sem maiores incidentes. Nada de projéteis ou granadas artificiais, só um grupo de vizinhos fracos e frágeis demais atrás de umas chapas dobradas de metal.

Os policiais patrulhavam as ruas e subiam nos edifícios em busca de sobreviventes. No domingo pela tarde, eu os ouvi percorrerem o meu. Iam fazendo escândalo, gritavam ordens entre eles, abriam maçanetas, quebravam portas com seus cassetetes. Eu estava muito quieta, sentada no sofá e com a televisão desligada, enquanto os escutava se mover pelos corredores. Iam gritando:

— Cinco-um, cinco-dois, cinco-três.

Imaginei que algum deles levaria uma planilha dos apartamentos que tinham sido inspecionados, que haveria um policial burocrata, sem músculos, pouco adepto à violência, encarregado de pôr um *tic* em sua planilha junto ao número de cada porta. Fiquei preparada. Sabia que iam bater e não queria me sobressaltar. O cassetete esmurrou a porta do lado de fora. *Bam, bam, bam*. Só três vezes, mas com força bruta, como se quisessem derrubar a porta.

— Polícia. Evacuação — gritou um deles. Ouvi como manuseavam o trinco. Um punho golpeou forte contra a porta, mas não tentaram forçar a entrada. Fariam mais tarde, sem dúvida, quando as câmeras dos noticiários fossem deslocadas para outros lugares e outras histórias; romperiam todas as portas da cidade e levariam qualquer coisa que ainda tivesse preço.

— Polícia — voltaram a bater.

Eu não me mexi. Meus nervos estavam alterados, mas consegui ficar quieta. O coração pulsava a tal velocidade que tive a impressão de ter engolido um beija-flor. Alguma vez me orgulhei de saber esse tipo de coisa. Um beija-flor bate as asas cinquenta e cinco vezes por segundo. Chama-se voo invertido. Assim estive eu, em meu voo invertido, enquanto eles passavam e logo iam ao andar superior.

Ouvi depois quando eles arrancaram com o caminhão e deixaram o porto em completo silêncio. Só então pude ficar de pé. Olhei pela janela. Nada parecia ter mudado, e, no entanto, a névoa se notava mais compacta, endurecida, como se estivesse se fechando sobre mim. Baixei as persianas e liguei a televisão. No noticiário, anunciavam o translado do Hospital das Clínicas. Para onde? Para alguma cidade do interior, mas ainda não diriam qual, para evitar motins e protestos. Transmitiam ao vivo. Era possível ver como transportavam os doentes em cadeiras de rodas pelos gigantescos elevadores, em macas, com os cabos de soro, com as máscaras de oxigênio. Ninguém do interior queria que enchessem suas cidades super-higiênicas com pessoas sem pele, não se arriscariam que alguém perdesse a pele, como quem tira uma roupa nojenta, e a deixasse cair em solo fértil e cheio de vida. Então o que fariam com eles? O que fariam com Max? Estava hipnotizada pela televisão, pois algo me dizia que o veria passar entre os enfermeiros e os médicos que corriam de um lado a outro. Mas, em minha fantasia, eu o imaginei vestido com um terno muito elegante, como um cantor de outros tempos; saía caminhando das Clínicas, com um meio sorriso que se levantava mais de um lado que de outro e olhava para a câmera, e *me* olhava, e estendia a mão com um gesto cerimonioso de quem tira a dama para dançar.

— Então quer dizer que você também vai...

Mas ele não respondeu, não podia me ouvir e permaneceu com a mão esticada, uma mão grande como uma folha aberta de eucalipto, uma mão escura que se abria, mas não oferecia nada, igual às mãos dos magos. Quem quer um coelho? Quem quer uma flor? O que queremos é um bom frango assado, com batatas que saíram da terra, um morango que não tenha gosto de cano de esgoto.

Uma vez, minha mãe me disse que Max não tinha me dado nada, exceto a continuidade de uma perda. Em parte, tinha razão, mas a ausência não era nada, e às vezes podia ser muito. A ausência era algo suficientemente sólido a que se aferrar, e até era possível construir uma vida sobre esse sedimento.

Voltei ao quarto e tirei o dinheiro da mala preta. As notas de pouco valor estavam em um envelope branco, as notas graúdas em um saco preto, de lixo, enrolado em fita adesiva. Já era de noite, e depois de desligar a televisão, levantei uma por uma as persianas, que ressoaram com seu estrondo e luz de relâmpago. Lá fora, brilhavam as luzes das gruas e se intuía o volume dos contêineres. Abri uma janela e, em seguida, reconheci o cheiro do porto, mistura de algas e gasolina derramada. Esse cheiro era meu, tanto como era aquele dinheiro. Tirei as notas do envelope. Não as contei; não era necessário contar o que ninguém iria me tirar. Olhei para as luzes desse cemitério de máquinas e elas me devolveram seu olhar de um só olho, lastimoso, expectante, um farol na ponta de cada grua, para quê? Talvez para que nenhum helicóptero do Estado caísse em suas armadilhas. Soltei uma nota que planou lento, quase resistindo a cair na malha espessa da noite. Depois outra e outra. Ao menos as leis da física seguem sendo as mesmas, e quem diria que uma constatação assim poderia me trazer consolo. As pequenas coisas imutáveis, incompreensíveis, mas imutáveis. As notas caíram rasgando a névoa, e depois voltei ao sofá e cochilei umas horas, surda de silêncio. Por momentos, sobressaltava-me com minha própria respiração, o roçar de minhas pernas. Em algum ponto da noite, a luz foi e nunca mais voltou.

Era como uma longa espera, mas de quê? Às vezes tenho pensamentos absurdos. Penso, por exemplo, na cor das coisas. De que cor é o silêncio? Poderia perguntar aos comentadores da televisão. Branco, dirão, como se envolvesse sua cabeça em algodões. Preto, dirão, como a própria morte. Mas não há nada tão dramático no silêncio. Se fosse de uma cor, seria cinza, como a névoa, que, sem ser sólida nem líquida, nem escura nem transparente, anula todas as coisas. E Mauro é vermelho. Uma mancha vermelha no jardim. Uma paisagem interior.

Não deixo de repassar a expressão amarga que a mãe de Mauro fez com a boca quando disse que estava esperando. O que sabia seu corpo que ela não sabia? Cada vez me convenço mais de que não lhe importou minha falta de resposta. A mesma mão que se apoiou macia sobre o ventre logo arrastou Mauro pelo corredor; puxava-o, mas seus dedos não conseguiam se fechar sobre a circunferência fofa de seu punho. Antes de descer pelas escadas, quando voltou para trás sem me olhar nos olhos, reconheci outra vez o gesto, já não na boca, mas em todo o seu rosto. Olhou-me como se eu fosse uma ilha e ela, um náufrago que se afastava sem remédio.

Pode imaginar o espaço entre seus olhos?
Pode imaginar o espaço que preenche sua língua?
Pode imaginar o espaço dentro de seu
palato, suas gengivas, seus dentes?
Pode imaginar o espaço atrás de seus olhos?
Pode imaginar o espaço que preenche sua cabeça, seu cérebro,
sua boca, a garganta que incha para ocupar seu pescoço?
Pode imaginar a distância entre seus ombros e cotovelos?
Pode imaginar a distância entre os cotovelos e os
pulsos, o espaço que preenche seu antebraço?
Pode imaginar o espaço dentro de seus dedos,
incluído o espaço entre a carne e os ossos?
Pode imaginar o espaço dentro de seu peito,
o espaço que preenche seus pulmões?
Pode imaginar o espaço entre sua clavícula e suas
vértebras, a distância entre o joelho e seu pé?
Pode imaginar o espaço que preenche todo
o seu corpo ao mesmo tempo?
Pode imaginar esse espaço se estendendo para
fora de si, para a frente, infinitamente?
Pode imaginar o espaço que se estende debaixo
de si, através da terra e mais além, mais além,
infinitamente, ao outro lado das estrelas?
Pode imaginar o espaço que preenche seu corpo e o
espaço infinito que se estende em todas as direções, no
infinito, em todas as direções, em um espaço contínuo?
Pode imaginar o espaço que preenche seu estômago?

Em um transplante de rim, o órgão defeituoso é substituído por um saudável. O novo órgão pode ser produto de um ato supremo de entrega ou o resultado de uma longa série de azares burocráticos. Alguém podia diferenciá-los? O cirurgião? O juiz? Há alguma marca no órgão saudável que indique sua origem, os rastros de seu sacrifício? O novo rim às vezes demora a funcionar, e a esse período chama-se atraso da função do enxerto. Penso nesse lapso, suspenso em um tempo no qual o velho não funciona e o novo resiste a ser o substituto.

   O corpo de Mauro seguirá crescendo, mas o resto permanecerá igual, para sempre perdido em seus blocos de Lego e em seus livros de animais. Aprenderá algumas palavras novas, variações de brincadeiras. Mas quantos anos ou meses durará minha lembrança? Sentirá uma perda, por menor que seja, como quem repassa com a língua o buraco de um dente caído?

Na última noite que passei em meu apartamento, tive outro sonho lúcido: os animais entravam em uma enorme caixa preta, parecida com as caixas que os mágicos usavam para serrar suas assistentes. Havia vacas, porcos, galinhas e também cavalos, capivaras e mulas. Os animais iam entrando e, uma vez dentro, caíam por uma porta armadilha, uma espécie de fundo duplo que os lançava em uma gigantesca fossa do tamanho do oceano. Ali embaixo havia um altar, feito de pássaros mortos e sacos de lixo, onde as pessoas se ajoelhavam e ofereciam alguma coisa, não dava para ver bem o que era, algo que parecia areia, mas muito mais brilhante e branco. Deixavam cair esse pó resplandecente de sua mão fechada aos pés do altar, enquanto da porta armadilha continuavam chovendo animais.

Dormi pouco e mal, sempre me observando enquanto sonhava, e quando me levantei do sofá ainda não havia amanhecido. Um fiozinho de saliva e sangue tinha escorrido de minha boca, e a mancha escura ressaltava no sofá cinzento. Saí do edifício às seis. Não levava mais do que os documentos e as latas de atum na mochila. Também não tinha rumo nem plano. O amanhecer mortiço me encontrou sentada no banco de cimento do calçadão. Essa luz pálida, gradual, não foi se enchendo de sons, como em outros tempos, só revelou alguns contornos: a silhueta do edifício portuário, o templo dos maçons, a estrutura metálica do tanque de gás e o cais que surgia como uma língua em uma boca doente. Depois distingui os tons da água, seções vermelhas, ilhas de algas que se agitavam com a respiração do rio. A umidade que trepava na pedra. Podia sentir a névoa sobre mim, grudando, como se eu fosse uma estátua e ela, o musgo que acabaria por me erodir. O sol tentava penetrar o céu. Mas não conseguiria. Ficaria lá longe, tênue, perdido atrás de anéis e anéis de nuvens.

Tirei uma lata da mochila, abri puxando o lacre e comi com os dedos. A fome me doía nos ossos e na cabeça, e conseguia silenciar qualquer pensamento. Quando terminei de chupar o azeite, joguei a lata no rio, que estava calmo como uma poça d'água, a espuma turva e avermelhada acumulada contra o muro. A lata flutuou por um momento até que a água conseguiu entrar e a levou para o fundo. Abri outra. Mastiguei e engoli, mas não era eu que comia, e sim Mauro. Mauro tragava e seu estômago agradecia por um segundo antes de reclamar por mais. Voltei a chupar o azeite e o senti se derramar por minha garganta, dar-me um pouco de vida. Lambi a tampa, enrolada para trás, tateando as bordas perigosas com a língua. Com essa folha afiada de metal, Max tinha cortado seus braços uma vez. Ainda era possível ver as cicatrizes brancas, caso se olhasse com atenção. Ele se cortou certa tarde em que eu tinha saído para trabalhar, o único momento da semana no qual me animei a deixá-lo sozinho, com a precaução de esconder as facas e as giletes. Depois, em uma dessas brigas amargas prévias ao divórcio, joguei na cara dele esses cuidados todos que tive em suas fases mais penosas. Eu lhe disse gritando. Ele, também gritando, respondeu que vigiar não era o mesmo que cuidar.

A segunda lata afundou ainda mais rápido do que a primeira. Imaginei que ela caía, lentamente, até se assentar sobre o lixo que acarpetava o leito. O rio a absorveu sem bolhas nem ondas concêntricas, e busquei em vão um rastro do lugar exato de onde a lata tinha aberto a água. A névoa se aferrava no ar. Deitei para trás no banco, com a cabeça apoiada na mochila, e adormeci, enquanto a água lambia o muro como a língua de um gato e me ninava com seu acalanto.

Onde estarão guardadas as horas apagadas, as imagens perdidas? Uma imagem é a reprodução de um objeto pela luz que procede dele. E que luz pode proceder do que não está? Escrever é inútil, devo sonhar, pulverizar os cacos da vasilha partida para que ninguém, nem eu mesma, possa reconstruí-la. Por um segundo, acho que vou morro abaixo, de bicicleta com as rodinhas levantadas para que os pedais enlouquecidos não se enganchem em meus pés. Sinto a brisa no rosto. E lá embaixo me espera Delfa, com os braços abertos para me enlaçar. Mas não, ninguém me espera, e a rota se estende comprida e cheia de miragens, o asfalto reverberando sob o sol.

Não sei em que momento abro os olhos novamente. A névoa pressiona com seu punho cinzento e não há um só reflexo rosado perturbando o céu. Sente-se como o cheiro das algas é denso e ácido, como milhares de frutas fermentando ao mesmo tempo.

Eu me levanto.

Caminho em direção ao cerro: uma fumaça escassa se eleva detrás das gruas.

Passarão horas antes de que eu veja o caminhão, um Ford velho com a caçamba cheia de ferro, móveis quebrados e garrafas recicláveis. Junto dele, uma sombra. Um vulto partido: a metade superior do corpo oculta dentro do contêiner de lixo, a outra metade atrás do chumbo que o mantém a salvo.

Não posso deter um futuro que já está aqui.

Lentamente, tudo vai se encerrando. Iremos nos afastar sem pressa, com os faróis fantasmais perfurando a noite. A cidade também se esvaziará, como um corpo sem entranhas, uma carcaça limpa que, de longe, se verá brilhante, de uma luz vil. E isso será a cidade, um fogo fátuo no horizonte.

AGRADECIMENTOS

Para a escrita deste romance, contei com o apoio do prêmio SEGIB-Eñe-Casa de Velásquez (Madrid, 2018) e o programa de escritor em residência da Universidad de los Andes. A ambas as instituições, muito obrigada.

Este livro foi composto em Fairfield LT Std no papel
Pólen Soft, enquanto *Paradise*, de Cold Play, tocava
na madrugada para a Editora Moinhos.

*

O Pentágono, pela primeira vez, exibia publicamente vídeos de
OVNIs em reunião do Congresso dos EUA. A ordem dos congressistas
era a de que precisavam tratar isso como uma ameaça potencial.